U0027608

Goosebumps®

Goosebumps®

Goosebumps®

雞皮疙瘩 27

校園幽魂

The Haunted School

R.L. 史坦恩（R.L.STINE）◎著

陳言襄◎譯

雞皮疙瘩 Goosebumps

致台灣讀者

讀者們，請小心……

我是R・L・史坦恩，歡迎到「雞皮疙瘩」的可怕世界裡來。

你是否曾在深夜裡聽到過奇怪的嚎叫？你是否曾在黑暗中聽到腳步聲——卻根本看不到人？你是否見過神祕可怖的陰影，幽幽暗處有眼睛在窺視著你，或者身後有聲音叫你的名字？

如果是這樣，你應該了解那種奇特的發麻的感覺——那種給你一身雞皮疙瘩、被嚇呆的感覺。

在這些書裡，幽靈在閣樓上竊竊低語；膽顫心驚的孩子忽而隱形；稻草人活了，在田野裡走來走去；木偶和布娃娃也有生命，到處嚇人。

當然，這些都是磨礪心志的好玩的嚇人事。我希望你們感到害怕，同時也希望你們大笑。這都是想像出來的故事。當然，最可怕的地方在你們自己心裡。

過個害怕的一天吧！

R L Stine

出版緣起

人生從奇幻冒險開始

何飛鵬
城邦媒體集團首席執行長

我的八到十二歲是在《三劍客》、《基度山恩仇記》、《乞丐王子》中度過的。可是現在的小孩有更新奇的玩具、電玩、漫畫，以及迪士尼樂園等。

八到十二歲，正是孩子從字數極少、以圖畫為主的繪本閱讀，跨越到漸漸以文字閱讀為主的時期。也正是訓練孩子從圖像式思考，轉變成文字思考的重要階段。在這個階段，養成長期的文字閱讀習慣，能培養孩子敘事、分析、推理的邏輯思辨能力，奠定良好的寫作實力與數理學力基礎。

然而，現在的父母擔心，大環境造成了習於圖像、不擅思考、討厭文字的一代。什麼力量能讓孩子重回閱讀的懷抱呢？

全球銷售三億五千萬冊的「雞皮疙瘩」，正是為了滿足此一年齡層的孩子的需求而誕生的！

無論是校園怪奇傳說、墓地探險、鬼屋驚魂，或是與木乃伊、外星人、幽靈、吸血鬼、殭屍、怪物、精靈、傀儡相遇過招，這些孩子們的腦袋裡經常出現的角色或想像，經由作者的生花妙筆，營造出一個個讓孩子們縱橫馳騁的魔幻時空、光怪陸離的神奇異界，經歷各種危急險難，最終卻又能安全地化險為夷。這樣的冒險犯難，無論男孩女孩，無不拍案稱奇、心怡神醉！

本系列作品被譯為三十二種語言版本，並在全球數十個國家出版，創下了出版史上多項的輝煌紀錄，廣受世界各地孩子的喜愛。作者史坦恩表示，這套作品之所以成功，是因為多年的兒童雜誌編輯工作，讓他對兒童心理和兒童閱讀需求有了深刻理解——他知道什麼能逗兒童發笑，什麼能使他們戰慄。

我們誠摯地希望臺灣的孩子也能和世界上其他的孩子一樣，有更豐富多元的閱讀選擇。更希望藉由這套融合驚險恐怖與滑稽幽默於一爐，情節緊湊又緊張的「雞皮疙瘩系列叢書」，重拾八到十二歲孩子的閱讀興趣，從而建立他們的閱讀習慣，擁有一個快樂學習的童年。

現在，我們一起繫好安全帶，放膽體驗前所未有的驚異奇航吧！

專文推薦

戰慄娛人的鬼故事

國立臺北教育大學語文與創作系兒童文學教授　廖卓成

這套書很適合愛看鬼故事的讀者。

文學的趣味不止一端，莞爾會心是趣味，熱鬧誇張是趣味，刺激驚悚也是趣味。有人擔心鬼故事助長迷信，其實古典小說中，也有志怪小說一類，《聊齋誌異》就有不少鬼故事。何況，這套書的作者開宗明義的說：「這都是想像出來的故事」，不必當眞。

既然恐怖電影可以看，看鬼故事似乎也無妨；考試的書讀久了，偶爾調劑一下，對頭腦卻是有益。當然，如果看鬼片會連續失眠，妨害日常生活，那就不宜勉強了。

雋永的文學作品，應該有深刻的內涵；但不少兒童文學作品說教有餘，趣味不足。只要有趣味，而且不是害人爲樂的惡趣，就是好的作品。鮑姆（Baum）在《綠野仙蹤》的序言裡，挑明了他寫書就是爲了娛樂讀者。

倒是內行的讀者，不妨考校一下自己的功力，留意這套書的敘事技巧，由主角「我」來講故事，有甚麼效果？書中衝突的設計與化解，是否意想不到又合情合理？能不能有不同的設計？會不會更好？這是另一種引人入勝之處。

導讀

結局只是另一場驚嚇的開始

耿一偉
臺北藝術節藝術總監
臺北藝術大學戲劇系兼任助理教授

不知道大家還記不記得，小時候玩遊戲，比如捉迷藏等，都會有一個人要當鬼。鬼在這個遊戲中很重要，沒有鬼來捉人，遊戲就不好玩。這些遊戲的關鍵特色，不是人要去消滅鬼，而是要去享受人被鬼追的刺激樂趣。所以當鬼捉到人後，不是遊戲就結束，而是下一個人要去當鬼。於是，當鬼反而是件苦差事，因爲捉人沒有樂趣，恨不得趕快找人來替代。所以遊戲不能沒有鬼，不然這個遊戲就不好玩了。

在史坦恩的「雞皮疙瘩系列」中，這些鬼所扮演的角色也是類似遊戲中的鬼，給我帶來閱讀與想像的刺激。各位讀者如果留意一下，會發現在他的小說中，都有一個類似的現象，就是結局往往不是一個對抗式的終局，一種善惡誓不兩立，以消滅魔鬼爲最終目標的故事——這比較是屬於成人恐怖片的模式，不是你死，就是人類全部變殭屍。但「雞皮疙瘩系列」中，你的雞皮疙瘩起來了，可是結尾的時候，鬼並不是死了，而是類似遊戲一樣，這些鬼換了另一種角色，而且有下一場遊戲又要繼續開始的感覺。

礙於閱讀的樂趣，我無法在此對故事結局說太多，但各位看完小說時，可以再回想我在這裡說的，就知道，「雞皮疙瘩系列」跟遊戲之間，的確有類似性。換另一個角度來看，這些主角大多為青少年，他們在生活中碰到的問題，如搬家面對新環境、男生女生的尷尬期、霸凌、友誼等，都在故事過程一一碰觸。

「雞皮疙瘩系列」令人愛不釋手的原因，也在於表面上好像主角是鬼，但讀到一半，你會感覺到，故事的重點不知不覺地從這些鬼怪轉移到那些被追的青少年身上，鬼可不可怕不是重點，重點是被追的過程中，一些青少年生活中的苦悶，也被突顯放大，甚至在故事中被解決了。所以你會在某種程度感受到，這本書的內容是在講你，在講你的生活，在講你的世界，鬼的出現，只是把這些青春期的事件給激化了。

另一個有趣的現象，是從日常生活轉入魔幻世界的關鍵點，往往發生在父母不在身邊，然後主角闖入不熟識空間的時候——比如《魔血》是主角暫住到姑婆家、《吸血鬼的鬼氣》是闖入地下室的祕道、《我的新家是鬼屋》是新家的詭異房間……等等。

因爲誤闖這些空間，奇怪的靈異事件開始打斷平凡無趣的日常軌道，一段冒險展開了，一場你追我跑的遊戲開始進行，而父母們往往對此毫無所悉，不知道自己的兒女在故事結束時，已經有所變化，變得更負責任，更勇敢。

「雞皮疙瘩系列」的意義，也在這個地方。在平凡無奇充滿壓力的青春期校園生活中，有那麼多不快樂、有那麼多鬼怪現象在生活中困擾著我們，但這無法跟家長說，因爲他們不能理解，他們看不到我們看到的。但透過閱讀，透過想像力所引發的鬼捉人遊戲，這些不滿被發洩，這些被學校所壓抑的精力被釋放了。

幸好有這些鬼怪的陪伴，日子不再那麼無聊，世界可以靠自己的力量改變。

終究，在青少年的世界裡，鬼怪並不是那麼可怕，在史坦恩的小說中，也往往會有主角最後拯救了這些鬼怪的情形，彷彿他們不是惡鬼，而比較像誤闖人類世界的外星人……這也是青少年的焦慮，他們正準備降臨成人世界，這件事讓他們起了雞皮疙瘩！！

這句英文怎麼說

它才不像你的頭那麼硬咧！
It isn't as hard as your head!

1.

冷不防的，有人突然在我背上推了一把，把我從台階上推了下去。

我不禁「哇」的高聲驚叫，整個人往後栽，頭「碰」的一聲重重的撞在體育館的地板上。

我驚魂未定，慢慢的挺起身子，猛眨眼睛，想把心裡那股震驚甩掉。我將手肘撐在地板上，緩緩的坐起來，只見班．傑克森正咧嘴笑著。

賽莉亞．哈爾帕特－羅蒂斯把手上的唇膏丟進包包裡，朝我跑來。「湯米，你還好吧？」她高聲問道。

「嗯，還好。」我喃喃的說：「我只是在試試地板硬不硬，呵，妳知道的嘛。」

「它才不像你的頭那麼硬咧！」班揶揄的說道。「你把體育館的地板撞破了，

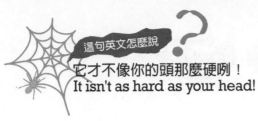

得賠它錢！」他又咧嘴大笑。

「哈哈，」賽莉亞翻了翻白眼，對他扮了個鬼臉，轉向我，「別上他的當，他就跟隻死鴿子一樣好笑。」

「我覺得死鴿子是很好笑！」班強調的說。

賽莉亞又瞪了他一眼，抓住我的一隻手，把我拉了起來。

我覺得丟臉丟到家了，簡直想鑽進觀衆席的座位底下。

爲什麼我老是出糗，像個大白癡似的？

根本沒有人把我從台階上推下來。我不過是跌了一跤，就這麼回事。只要我站在台階上，就老會這麼莫名其妙的摔下來。

有些人總是往上爬，而我總是往下摔。

可是，我實在不想在賽莉亞和班的面前像個笨蛋似的。畢竟我剛認識他們，希望給他們留下好印象。

這就是爲什麼我會自告奮勇幫忙布置舞會會場的原因。到了六年級才轉學是很難交到新朋友的，我希望能在這兒認識一些朋友。

這句英文怎麼說

第一個禮拜那幾天，我真的很孤單。
I was pretty lonely the first week or so.

也許我應該從頭說分明。

我叫湯米．佛萊塞，十二歲。秋季新學期開學前不久，我爸爸再婚了，而且就在結婚典禮之後，我們立刻搬到了鐘谷來。

由於搬家搬得太匆促了，我連跟朋友道別的機會都沒有，也來不及喘口氣，人就在這兒了。我成了鐘谷中學的新學生。

在這兒，我一個人也不認識，甚至連我的新媽媽也不熟！你能想像那是什麼感覺嗎？突然轉學到一間新學校、住進一間新房子、有了一個新媽媽？

在鐘谷中學上學的前幾天眞的很難熬，同學們並不是不友善，只是他們都有很要好的朋友了。

我的個性不算害羞，不過總不可能跑到某個人面前跟他說：「嗨，你想跟我做朋友嗎？」

第一個禮拜那幾天，我眞的很孤單——直到上星期一早上，校長伯登太太到我們的教室來，問有誰自願加入舞會布置組，幫忙布置體育館。

我是第一個自告奮勇的人。我知道這個方法是最容易交到新朋友的。

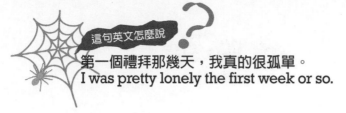

於是就這麼著，兩天後的現在，在下課後，我來到了體育館，而且還因爲摔了個四腳朝天而交到兩個新朋友。

「你想你需要去保健室嗎？」賽莉亞盯著我的臉問道。

「不用了，我常常像這樣翻白眼的。」我虛弱的回答，心想，至少我還保有幽默感。

「反正保健室的護士也下班了。」班一邊看著錶，一邊說道。「現在很晚了，體育館裡應該只剩下我們了。」

賽莉亞甩了甩一頭棕髮，說道：「我們回去做事吧。」

她打開包包，拿出唇膏。我看著她把鮮紅色的厚厚一層唇膏塗在雙唇上，儘管在我看來她的嘴唇已經夠紅了。接著，她又在雙頰上撲了撲橘色的粉。

班搖了搖頭，但沒有說什麼話。

昨天，我曾聽到其他同學取笑賽莉亞化的妝和唇膏，他們說她是六年級裡頭唯一一個每天用那些玩意兒的女生。

她們很刻薄的批評她，其中一個女生說：「她以爲她在畫什麼大師名作

這句英文怎麼說

他們很刻薄的批評她。
They were pretty mean to her.

嗎？」

另一個女生則說：「賽莉亞沒等到她的臉乾了，是不可能去上體育課的。」

一個男生更惡毒，他說：「一定是她的臉有裂痕，所以才得這樣修修補補的。」

大家一聽，哄堂大笑。

可是賽莉亞好像一點也不在意這些嘲諷和挖苦。我想，她大概是習慣了。

今天早上上課前，我還聽到幾個同學在批評賽莉亞自命不凡，說她自以爲有多漂亮、說她爲什麼那麼在意外表。

但我覺得，她並沒有對我表現出自命不凡的樣子，反而很親切。而且我覺得她長得很好看，只是有點搞不懂她爲什麼會覺得需要一直擦粉、塗口紅。

賽莉亞和班長得很像、很像，乍看之下會以爲他們是兄妹，可是實際上不是。

他們長得又高又瘦，有著藍眼珠，一頭卷卷的棕髮。

我呢，則是個矮個兒，還有點胖胖的，一頭黑髮就像稻草一樣又硬又直。這頭頭髮眞夠難搞的，我常常一梳就梳了一、兩個小時，可是它們還是愛往哪邊翹就往哪邊翹。

我的新媽媽告訴我，只要我甩掉嬰兒肥，我應該是很帥的。但我可不認爲這句話是在誇我。

話說回來，賽莉亞、班和我正在幫忙畫一些要掛在體育館的標語牌。班開始畫一張寫著「跳到你吐爲止！」的海報，可是柏登太太探頭進來對他說，請他再想個更好的標語。

他咕噥著，一邊發著牢騷，一邊重新來過。這次海報上的標語換成了「歡迎，各位！」

「嘿，紅色顏料呢？」賽莉亞對著班大喊。

「什麼？」他蹲在地上，正拿著大畫筆塗著歡迎的「歡」字。

賽莉亞和我也蹲在地上，給海報的每個字畫上黑色的輪廓。

她站了起來，斜眼瞪著班，「你都沒帶紅色顏料下來嗎？我只看到黑色的。」

「我以爲妳帶了呀。」他答道，然後指著籃球架下的一堆罐子問：「那裡沒有嗎？」

這句英文怎麼說

她站了起來，斜眼瞪著班。
She climbed to her feet and stared down at Ben.

「都是黑色的。」她說，「我要你拿一些紅色的下來，你記得嗎？我想要把這些字的外框裡面塗成紅色的，黑色和紅色是學校的標準色，你知道的。」

「噢，」班喃喃的說：「好吧，不過我不想再上去拿，美術教室可是在三樓耶。」

「我去！」我馬上自告奮勇的說道，顯得有點太熱切了。

他們倆一起盯著我。

「我的意思是，我去沒關係，」我說：「就當做是運動好了。」

「你是真的把頭撞壞了？不會吧？」班開玩笑的說。

「你記得美術教室在哪裡嗎？」賽莉亞問道。

我把畫筆放下來。「嗯，應該記得吧。上樓之後的最裡邊，對吧？」

賽莉亞點點頭。每當她的頭晃動，那一頭棕色卷髮也跟著跳動。「你爬到三樓，就到了最頂樓，再一直走到最裡面向右轉，然後再右轉，美術教室就在最後面那一間。」

「沒問題。」我跑向體育館的雙層門。

「至少拿兩罐下來！」她對著我高聲喊道，「還有，再拿幾枝乾淨的畫筆。」

「還有，幫我帶一片蛋糕！」班也高喊道，然後放聲大笑。眞是太好笑了。

我全速衝向出口，有點懷疑自己爲什麼要跑得這麼快。我想，我大概是想讓賽莉亞刮目相看吧。

我弓著肩，衝出雙層門，然後加足馬力往前衝，不料竟然衝向一個站在走廊上的女生。

「嘿——！」她驚叫一聲，我們雙雙倒向地板。

我壓在她的身上，忍不住發出呻吟。

她的頭撞在水泥地板上，發出一聲很大的撞擊聲。

我一陣天旋地轉。我們就這樣躺在地上一會兒，然後我從她身上翻下來，慢慢的站了起來。

「對不起。」我好不容易才發出聲音對她說道，同時伸出雙手想要幫她站起來。但她忿忿的把我的手推開，自己站了起來。

等她站起來，我才發現她至少比我高了三十公分。她不但長得高、肩膀很寬，

這句英文怎麼說

我大概是想讓賽莉亞刮目相看吧。
I guess I was trying to impress Thalia.

而且樣子很兇。她讓我想起電視上看過的那些女摔角選手。

她那一頭淺金色的頭髮垂下來，蓋住了部分的臉，一身黑衣，一對鋼鐵般冷冷的灰眸子兇惡的盯著我。

好可怕的眼睛！

「眞的很抱歉。」我再次道歉。當我抬眼望向她時，不禁向後退了一步。

她對我跨出重重的一步，接著又是一步，那雙冷冷的灰色眼睛讓我一動也不敢動，整個背抵在牆壁上。

「妳、妳想要做什麼？」我囁嚅的說。

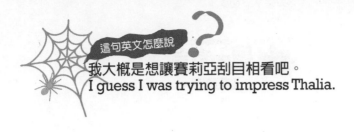

2.

我整個背緊緊的抵在牆上，「妳想做什麼？」我又問了一次。

「我要回家去——要是你肯讓開的話！」她大吼，猛然轉身，雙手緊緊握拳。

「我說過我很抱歉！」我對著她的背影喊道。

她消失在樓梯的上頭，並沒有轉頭看我。然而，她那對凶猛的灰眼珠卻深深烙印在我的腦海裡，一時之間還沒辦法揮去。

我等了一陣子，確定她已經走遠了，才往上注視著樓梯。

還要爬很長的一段樓梯才到得了頂樓，然而我的雙腿卻因爲剛剛不小心撞倒那個奇怪的女生，還有些發抖。而且我一個人跑到這麼上面來，自己也覺得有點不對勁。

這句英文怎麼說

我的聲音在無人的走廊上顯得空洞。
My voice sounded hollow in the empty hall.

我的鞋子踏在堅硬的階梯上，空蕩蕩的樓梯間傳來巨大的聲響。眼前的走廊彷彿一條又長又暗的隧道。

當我終於爬到頂樓時，已經上氣不接下氣了。我抬起腳走向長廊，一邊哼著歌。我的聲音在無人的走廊上顯得空洞，在一長排的陰暗櫃子之間迴盪著。

第一次右轉時，我停止了哼歌，先是經過一間空空的教師休息室、一間電腦教學實驗室，以及幾間看起來空無一人的房間。

接下來我再次右轉，這次轉進了一條鋪著木板的狹窄走廊。我踩在木板上，木板發出吱吱嘎嘎的聲音。

我在走廊上的最後一間房間外停下腳步，門口有一塊標示，上頭以手寫的字寫著「美術教室」。

我握住門把，將門拉開了一點。

這時卻聽見裡面傳來了一些聲音。

我嚇了一大跳，抓著門把，仔細傾聽。我聽見一個男生和一個女生正在輕聲交談。

我聽不清楚他們說些什麼，可是那兩個人的聲音很像是賽莉亞和班。

他們在這裡做什麼？我納悶著。

他們爲什麼要跟著我？他們是怎麼比我還快來到這兒的？

我拉開門，走了進去。

「嘿，你們兩個……」我喊著：「這是怎麼回事？」

我的嘴巴張得老大，因爲房間裡沒有半個人。

「嘿……」我喊道：「你們兩個在這兒嗎？」

沒有人回答。

我環顧著這間很大的教室，午後的金色陽光從窗戶灑了進來，長長的工作桌收拾得很乾淨，桌上空空如也。幾個陶壺放在窗台上陰乾，天花板的燈懸掛著一部由鐵製衣架和湯罐頭做成的動態雕塑。

怪了，我搖了搖頭，心想。我明明聽到裡面有說話聲的。

是不是賽莉亞和班在跟我開玩笑？他們是不是躲起來了？

我快步走向大儲藏櫃，拉開鐵門，大叫：「逮到你了吧！」

這句英文怎麼說

是不是賽莉亞和班在跟我開玩笑？
Are Thalia and Ben playing a little joke on me?

可是裡面沒有人。

我盯著櫃子裡黑漆漆的一片，開始懷疑，我真的聽到說話聲了嗎？也許剛剛摔那一跤的後遺症比我料想的還嚴重呢！

我伸出手來拉了拉鍊子，把櫃子的燈打開。兩側，放著各式各樣美術用品的架子高達天花板，我在架子上找到了我們要的紅色顏料，動手想拿幾罐下來。

就在這時候，我聽見一個女孩的笑聲。

接著，我又聽見一個男孩說了些什麼。他似乎很興奮，說得又急又快，我聽不清楚內容。

我猛的轉身，面對著美術教室。還是沒看到半個人。

「嘿——你們在哪兒？」我高聲問道。

一片寂靜。

我從架子上抓了一瓶顏料塞在腋下，又拿了一罐在手裡。

「嘿——！」當我又聽見說話聲時，我再次高聲叫道。

「這一點都不好玩！」我高聲喊道：「你們躲在哪裡？」

沒有回答。

我心想，他們一定是在隔壁的房間。我拿著顏料罐來到美術教室，把它們放在老師的桌子上，再躡手躡腳的潛到走廊上。

我在隔壁房間前停了下來，探頭進去。這裡好像是儲藏室之類的地方，有很多標示著「易碎品」的箱子靠著其中一面牆堆放著。

沒有人在裡頭。

我看了看房間對面的走廊，也沒看到半個人影。

可是當我回到美術教室時，又聽見了說話聲。

這時換成了女生在高聲喊叫，接著，男生也高聲喊了起來。聽起來好像是在求救，可是不知道爲什麼，他們的聲音顯得很含糊、很遙遠。

我的心開始怦怦直跳，忽然覺得喉嚨很乾。

是誰在搞鬼？我不禁納悶。大家都回家了，整棟建築物是空的，那麼是誰躲在這裡呢？爲什麼我找不到他們？

「班？賽莉亞？」我高聲喊道。我的聲音在沿著牆壁排列的陰暗鐵櫃之間響

這句英文怎麼說

聽起來好像是在求救。
It sounded as if they were calling for help.

起回聲，「你們在這兒嗎？」

一片靜寂。

我做了個深呼吸，退回美術教室。我決定不理會他們了。

我拿起桌上的兩瓶顏料，走到走廊，飛快的瞥了瞥走廊的兩端，心想或許會看到班和賽莉亞。

一道黑影從一邊的走廊探了出來。

我僵住了，盯著那道黑影。

「誰……是誰在那兒？」我高聲問道。

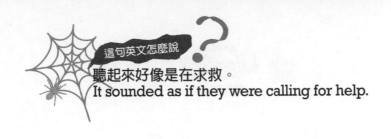

3.

一個男人拉著一部大型的吸塵器，從走廊裡向後退了出來。他穿著灰色制服，嘴上叼了根沒有點燃的半截香菸。

是工友。

我嘆了一口氣，走到樓梯間。我想他應該沒有看見我。

樓梯在中途往下轉彎。我走下樓梯，在一大片布告欄前停了下來。我瀏覽著上頭昭告的學校活動、行事曆和失物招領啓事之類的東西。

噢，啊，慘了。我不記得剛剛走上來時看過這個布告欄啊，我告訴自己。

我轉頭瞪著剛才行經的樓梯上頭。我下錯樓梯了嗎？這座樓梯會通到體育館嗎？

這句英文怎麼說

這座樓梯只通到二樓。
The stairs ended at the second floor.

我心想，只有一個辦法能知道答案了。

我緊抓著顏料罐，轉過身來繼續往下走。

可是我不禁大吃一驚，因爲這座樓梯只通到二樓。

我注視著長長的走道，搜尋著通往地下室體育館的樓梯，卻只看到一扇扇緊閉的教室門和一長排鐵櫃。

手上的顏料罐變得越來越重，我的肩膀好痛。我把顏料罐放在地板上，伸展一下手臂。

之後我又拿起顏料罐，往前方走去。我的腳步聲在空蕩蕩的走廊上迴響著，一邊走，我一邊瞥了經過的房間一眼。

哇！一副骷髏從走廊那頭咧嘴對我笑著。

我不禁張開了嘴，可是很快就恢復鎮定。「或許這兒是科學實驗室之類的吧。」我喃喃自語。

接著，我看到一隻小黑貓躲在那一長排鐵櫃的盡頭。我停下腳步，瞇著眼睛注視著牠。可是那不是黑貓，而是不知道哪個人的黑色滑雪毛帽。

「湯米，你是怎麼回事啊？」我大聲的對自己說。

我從來沒想過大家都下課之後的學校會這麼的詭異，尤其這間我完全不熟的學校更是奇怪。

我轉了個彎，走進另一條空蕩蕩的長走道，還是沒看到半座樓梯。

我想班和賽莉亞一定在猜我是不是發生了什麼事。他們一定以為我迷路了。

嗯……沒錯，我是迷路了。

我經過一個展示著運動獎盃的展示箱，裡頭的獎盃閃閃發亮，一把紅黑相間的三角旗寫著「衝啊，非洲野牛」，垂在展示箱上頭。

那是我們校隊的名字──鐘谷非洲野牛隊。

非洲野牛不是體型龐大、動作又超慢嗎？牠們不是快絕種了嗎？

眞遜的隊名！

我繼續往前走，一邊動著腦筋，看看能不能想出更厲害的名字來。鐘谷河馬隊……鐘谷疣豬隊……鐘谷水牛隊……

想到水牛隊時，我不禁笑了出來。

這句英文怎麼說

賽莉亞和班現在大概已經不耐煩了吧。
Thalia and Ben are probably fed up by now.

可是等我發現已經走到了走道盡頭，趕緊收起了笑容。前面沒有路了。

「嘿——！」我大叫，眼睛搜尋著緊閉的房門。這兒不是應該有座樓梯的嗎？不是會有類似出口的地方？

前面好像有一條窄窄的走廊，可是已經封死了，中間的入口處釘著幾塊破舊的木板。

我不應該自告奮勇來拿顏料的，我對自己說。這棟建築物太大了，我不知道該怎麼走才繞得出去。

賽莉亞和班現在大概已經不耐煩了吧。

我望著長長的走道，只見兩扇沒有任何標示的門並排在一面牆上。

我決定打開其中一扇門看看。

我傾身向前，用單側肩膀推開了門，踉蹌的進入了一間昏暗的大房間。

「哇……這是哪兒？」我覺得自己的聲音又細又尖。我瞇起眼睛注視著昏暗的光線，只見一群小孩回過頭來瞪著我！

4.

那群小孩瞪著我的樣子是這麼的僵硬不自然、這麼的安靜，無聲無息……靜得就跟雕像沒兩樣。

是的，沒錯。很快的我就明白，這些人確實是雕像！

至少有二、三十個。

它們打扮得很老氣，身上穿著很好笑的衣服，就像是從老電影裡挖出來的戲服。男孩穿著運動夾克，打著很寬的領帶，女孩的外套還有很大一塊墊肩，長長的裙子幾乎蓋到了腳踝。

我把顏料罐放在地上，小心翼翼的向前跨出幾步，走進房間裡。

那些雕像看起來就像真人一樣栩栩如生，說它們是雕像，還不如說是百貨公

這句英文怎麼說

那些雕像看起來就像真人一樣栩栩如生。
The statues were so real looking, so lifelike.

司的展示模特兒。它們的玻璃眼珠閃閃發亮，紅色的嘴巴閉得緊緊的，沒有笑容。

我走向前，站在一個差不多跟我一樣年紀的男孩面前，抓住它運動外套的一隻袖子。是眞的布料，不是石頭雕刻的，也不是石膏做的。

房間很暗，我看得很吃力。我將手伸進卡其褲的口袋裡，掏出一個紅色塑膠打火機。

我知道，我知道，我不應該有打火機的。我之所以會有這個東西，是我爺爺在幾個星期去世之前給我的。從那之後，我就一直把它當做幸運物帶在身上。

我點燃打火機，把火光湊近那個男孩的臉。它臉上的皮膚是這麼的眞實，甚至看得出臉頰上長了幾顆粉刺，下巴底下有一道疤。

我按熄打火機，把它塞進褲袋裡，然後伸出手撫摸那個男孩的臉。它的皮膚很光滑、涼涼的，很像是用石膏刻出來或是鑄模出來的。

我伸出手指頭碰觸它的一顆眼睛，感覺很像是玻璃或塑膠材質。

我拉了拉它腦後的深棕色頭髮，不料它的頭髮開始往下溜。

原來是假髮。

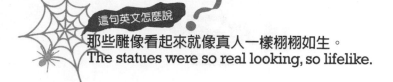

站在它身邊的是一個又高又瘦的女孩，穿著黑色毛衣和一條長及腳踝的黑色長裙。我望著它漆黑而閃亮的眼睛，感覺上它好像也回瞪著我。

它的眼神顯得很悲傷，好像在爲我感到悲哀。

爲什麼這些雕像的臉上完全沒有笑容呢？

我握了握它的手，是很冰涼的石膏。

爲什麼這些雕像會在這兒？我暗自忖度。是誰把它們放在這個神祕房間的？這是某個美術課程的道具嗎？

我往後退，看到一個掛在門上、刻著字的牌子。我的眼睛很快的掃過那上面寫的大大的方體字：

一九四七年的班級

我盯著牌子，又念了一遍上頭的字，接著轉過身去，面對著滿屋子的雕像。其中一座雕像突然大喊：「你在這兒做什麼？」

這句英文怎麼說？

為什麼這些雕像的臉上完全沒有笑容呢？
Why weren't any of these statues smiling?

5.

「什麼？」我不禁倒吸了一口氣。

「你到這兒來做什麼，小伙子？」那個聲音又問了一遍。

我猛力的眨眼，只覺得一陣頭暈目眩。

接著，我看到柏登太太——也就是我們的校長——站在門口的走廊上。

「妳……妳不是雕像！」我衝口而出。

她快步的走進房間，胸前抱著一塊寫字板。「沒錯，我不是。」她毫無笑容的回答我。

她瞥了瞥地上放的兩罐顏料罐，然後走向前來站在我的身邊，目不轉睛的端詳著我。

柏登太太很矮小，她大概只比我高個三、五公分吧，而且她是屬於圓滾滾的那一型。她有一頭黑卷髮，臉龐圓而紅潤，總是一副很容易臉紅的樣子。

有幾個同學告訴我，她很親切。我是在來到鐘谷的第一天早上見到她的，當時只會面了很短的時間。

那天早上，剛好有一群野狗聚集在運動場上，嚇壞了一些低年級的學生，當時她正爲這事傷透了腦筋，根本沒時間跟我說話。

這時候，她站得這麼靠近我，我都聞到她吐氣時的薄荷味了。

「湯米，我想你一定是迷路了吧。」她柔聲說道。

我點點頭。「嗯，我想是吧。」我喃喃的說。

「你要去哪裡？」她問道，仍然緊抱著那塊寫字板。

「體育館。」我回答。

她終於笑了。「你離體育館很遠了呢。這裡是通往舊大樓的入口，體育館在新大樓，你要往另一頭走。」她用寫字板比了比方向。

「我走錯樓梯了，」我解釋道，「我從美術教室走出來，然後……」

這句英文怎麼說

我走錯樓梯了。
I took the wrong stairs.

「噢，對了，你加入了舞會布置組，」她打斷了我的話，「嗯，我來告訴你怎麼走回那座樓梯。」

我轉向那些雕像，它們還是靜悄悄、無聲無息的站著，彷彿正在偷聽我和柏登太太的談話。

「這是什麼房間？」我問。

她伸出一隻手搭在我的肩膀上，把我往門口推。「這是間不開放的房間。」她輕聲說著。

「可是那些是什麼呢？」我又問了一次，「我的意思是……這些雕像。這些小孩是誰？它們是真的人還是什麼？」

她沒有回答。

她的手緊緊的扣住我的肩膀，把我往門口帶。

我停下腳步，拿起放在地上的顏料罐。當我回頭看柏登太太時，發現她的神情變了。

「這是個非常令人傷感的房間，湯米，」她說，聲音輕得像在低語。「這些孩子是這所學校創立時的第一個班級的學生。」

「是一九四七年那一班嗎？」我看了一眼門上的牌子問道。

柏登太太點了點頭。

「是的，就在大約五十年前，當時學校有二十五個學生，有一天……有一天他們全都消失了。」

「什麼？」我被她的話給嚇到了，顏料罐掉到了地上。

「他們全消失不見了，湯米。」柏登太太繼續說道，視線轉到那些雕像身上，「他們憑空消失了。前一秒鐘他們還好端端的在學校裡，後一秒鐘突然消失無蹤了……再也沒有回來，再也沒看到他們了。」

「可是……可是……」我結結巴巴的，不知道該說什麼。怎麼可能二十五個小孩會一起消失呢？

柏登太太嘆了口氣。「這是一場恐怖的悲劇，」她輕輕說道，「一件駭人的離奇事件。家長們……可憐的家長……」

她的聲音哽住了，於是深深的吸了一口氣，才又開口。「家長們的心都碎了，

這句英文怎麼說

這是一場恐怖的悲劇。
It was a terrible tragedy.

他們把學校封起來了，永遠不再啓用。後來鎮上的人又在它旁邊蓋了一所新的學校，而從那個恐怖的日子到現在，那所舊大樓就一直空著。」

「那這些雕像是？」我問。

「一個當地的藝術家做的，」柏登太太回答，「他參考班上的合照做了這些雕像，向所有失蹤的孩子致意。」

我盯著滿屋子的雕像。

這些小孩，全消失不見了。

「好怪喔！」我喃喃的說。

我拿起地上的顏料罐。柏登太太打開門。

「我……我不是故意要進來這兒的，」我道歉，「我不知道……」

「沒關係，」她回答，「這棟建築物太大了，太容易令人搞糊塗了。」

我先走到走廊上，她謹慎的關上我們身後的門。

「跟我來。」她說道，鞋跟踩在堅硬的地上，發出巨大的聲響，手上的寫字板隨著腳步在她的腰際擺動著。

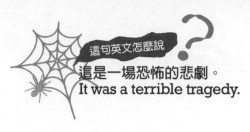

對一個個子這麼小的人來說，她走路還滿快的。我兩隻手各拿著一個顏料罐，得加快腳步才跟得上她。

「你還好嗎？湯米。」她問道，「我是說除了迷路以外。」

「不錯啊，」我說，「大家都很好。」

我們拐過一個轉角，我得小跑步才跟得上她。接著又拐過一個轉角，來到一條明亮的走道。鋪著磁磚的牆壁是亮黃色的，油亮的地板光可鑑人。

「你應該走這條走道的，」柏登太太說，「那兒有一座樓梯通往體育館。」她笑著指示方向。

我向她道過謝後，匆匆忙忙的走開了。

我得趕快到體育館去，心裡暗自期待班和賽莉亞可不要因爲我去了那麼久而生氣。我迫不及待的想問問他們關於一九四七年的班級的事，不曉得他們知不知道一些什麼。

我抱著兩罐紅色顏料罐，下了兩段樓梯來到了地下室。啊，這兒看起來熟悉多了。

這句英文怎麼說

我得小跑步才跟得上她。
I have to jog to catch up to her.

我跑過餐廳，衝到了走廊盡頭的體育館雙層門前。我用肩膀頂開了門，衝進體育館裡。

「嘿……我回來了！」我高喊著，「我……」

我的話卡在喉嚨裡，突然住口了。

眼前只見賽莉亞和班臉朝下，雙雙趴在體育館的地板上。

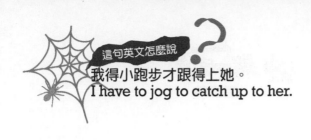

6.

「噢，不……！」我發出一聲恐怖的哀號，手上的顏料罐掉了下去，重重的摔在體育館的地板上。

我衝向這兩個新朋友，但其中一罐顏料正好滾向我的去路，害我絆了好大一跤。

「賽莉亞！班！」我尖聲叫著。

他們一起咯咯笑了起來。而且一起抬起頭來，對我咧嘴笑著。

班張開嘴，打了一個又長又響亮的呵欠。

「我們等你等得太累了，睡著了！」賽莉亞說。

他們又放聲大笑。

這句英文怎麼說

班伸出手跟賽莉亞擊掌。
Ben shot Thalia a high five.

班伸出手跟賽莉亞擊掌。

他們從地板上爬了起來，賽莉亞連忙跑去拿她的包包，從裡頭拿出唇膏，開始在嘴唇上補上一層層口紅。

班瞇著眼睛對我嘻嘻一笑。「你迷路了……對不對？」

我很不高興的點點頭，「是啊，怎麼樣？又沒什麼大不了的。」我喃喃的說。

「我贏了！」班樂不可支的大叫。他對賽莉亞伸出一隻手，說道：「付錢來。」

「哇！我眞不敢相信你們兩個居然這樣！」我大聲的說，「你們竟然打賭我會不會迷路？」

「因爲我們太無聊了嘛！」賽莉亞坦白招認，她拿了一塊錢給班。

班把那一塊錢塞進牛仔褲口袋裡，抬眼瞥了計分板上的時鐘一眼，說道：「我遲到了！我答應我哥五點以前一定要到家。」他跑向觀眾席區，開始收拾背包，一把抓起了外套。

「嘿……等等！」我大叫，「我想告訴你們我在樓上看到了什麼！我是說，眞的很詭異，我……」

「再說吧。」他說著，一邊穿上外套，一邊跑向雙層門。

「那，紅色顏料怎麼辦？」我高聲問道。

「我明天再喝！」他大叫，接著就消失在門外了。

我看著雙層門「砰」的關上，轉身面向賽莉亞。

「他有時候滿好玩的，」她說，「我是說，他有時候會讓我覺得很好笑。」

「哈哈。」我低聲咕噥。

我撿起地上的紅色顏料罐，把它們提到標語牌前的地板上。「很抱歉我這麼久才回來，」我說，「可是……」

她在眼皮上刷著某種化妝品，「你在樓上看到了一些詭異的事？」她從手上握著的小圓鏡後面抬眼看了我一眼，問道。

「嗯，起先，我衝進走廊時，撞倒了一個很奇怪的女生。」我說。

賽莉亞瞇著眼睛望著我。「什麼奇怪的女生？」

「我不知道她叫什麼名字，」我回答，「她很高大，比我高上好幾個頭，而且看起來眞的很兇，有一對很詭異的灰眼珠，而且……」

這句英文怎麼說

你在樓上看到了一些詭異的事？
You saw something weird upstairs?

「葛瑞塔嗎？」賽莉亞問道，「你撞倒了葛瑞塔？」

「她叫做葛瑞塔嗎？」我回答。

「她穿了一身黑嗎？」賽莉亞問道，「葛瑞塔總是穿著一身黑。」

「喔，那就是了。」我說，「我把她撞倒了，整個人壓在她身上，很順利吧，呃？」

「你得小心她，湯米，」賽莉亞提醒我，「葛瑞塔的確很怪、很怪，」她開始捲起標語牌，「那你在樓上發生了什麼事？」

「我聽到有人在說話，」我說：「當我走近美術教室的時候，我聽到有人說話的聲音，可是我進到教室裡一看，並沒有看到半個人影。」

「呃？」賽莉亞不可置信的微張著嘴：「你……？你聽到他們的說話聲了？」

我點點頭。

「你真的聽到了？」

「是啊，他們是誰？」我問道：「我一直在找他們，我找遍了整個三樓，但只聽見他們的聲音，沒看到人。然後，柏登太太……」

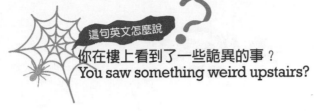

我沒再說下去，因爲，我看到賽莉亞的眼睛噙著淚水。

「嘿……怎麼了？」我問。

她沒有回答，只是猛然轉過身，跑出了體育館。

7.

這句英文怎麼說

它幾乎演變成暴力事件。
It almost turned violent.

過了幾天，賽莉亞和葛瑞塔發生了一場爭執，而且它幾乎演變成暴力事件。

那是星期四下午，在上課途中，我們的老師迪凡先生收到了一封從辦公室送來的留言。他看了那封留言好幾次，一邊看、一邊動著嘴唇念著，又喃喃自語了一番，才走出了教室。

那時候已經快放學了，我猜想，大家坐在教室裡坐得很不耐煩了吧，每個人都一副準備好隨時要衝出去的樣子。

所以當迪凡先生前腳一走，大家就像炸彈開花似的轟然散開。我的意思是說，有的人從座位上跳了起來，在教室裡狂奔，有的人手舞足蹈的跳起古怪舞步，有的人則是在教室裡晃來晃去。

有一個同學拿出藏在座位底下的手提音響，把音樂開得很大聲。幾個女生在教室後頭不知道嘻嘻哈哈的在笑些什麼，一邊拍手，一邊笑得往後仰。

我是新來的，所以坐在最後一排。班今天請假，我想他大概是跟牙醫有約之類的，才沒來上課吧。

我跟大家不熟，覺得自己好像被排除在這些好玩的事之外。

我和著音樂節拍輕敲著桌面，假裝很愉快的樣子，但其實我覺得很無聊，也很孤單。我暗自希望迪凡先生能趕快回到教室，好讓一切恢復正常。

我盯著窗外好一陣子。外頭是多雲的秋天午後，風很大，運動場上突然颳起了一陣陣強風，把枯黃的葉子和紅葉吹得在空中四處飛舞。

我望著這樣的景象好一會兒，才轉過頭來看著教室，目光停在前排的賽莉亞身上。

她似乎對身邊跳著各種舞步的、講笑話的、瘋狂大笑的同學，絲毫不感興趣，完全不在意他們在做些什麼。

只見她拿著小鏡子，對著鏡子在嘴唇抹上口紅。

這句英文怎麼說

我向她揮手，想引起她的注意。
I waved and tried to get her attention.

我向她揮手，想引起她的注意，我想問她下課後要不要去體育館做標語牌。我張口叫她，不過在滿屋子的噪音下，她似乎沒聽見。她全神貫注在那面鏡子上，沒有回頭。

就在我站起來準備走向她之際，突然看到葛瑞塔走到賽莉亞的位子旁，彎下身來，一把搶過她手上的唇膏。葛瑞塔大笑，而且對賽莉亞說了些什麼，把唇膏拿得遠遠的。

賽莉亞生氣的大叫著，她伸手去搶回唇膏，但動作不夠快，沒搶到。

葛瑞塔的灰眼珠因爲興奮而閃爍著光芒。她把那支唇膏猛力丟給教室另一頭的一個男生。

「還給我！」賽莉亞厲聲叫道。

她從座位上跳起來，雙眼冒出怒火，臉色發白。

「還給我！還來！還來！」

隨著一聲怒吼，賽莉亞衝過了一排排的座位，想要揪住那個男生。

他大笑著，快速閃開了，把唇膏又丟回給葛瑞塔。

金屬外殼的唇膏撞上一張桌子，彈到了地上。

賽莉亞奔了過去，蹲在地上，雙手狂亂的抓住那支唇膏。

我走到教室前半部的中央，當看到她和葛瑞塔爲了那支唇膏在地板上扭打起來時，不禁驚訝得目瞪口呆。

一支唇膏有什麼大不了的？我不禁納悶，爲什麼她這麼不顧死活，非搶回來不可？那不過是一支唇膏嘛，不是嗎？

其他同學興沖沖的看著這場激戰，我看到教室後面那幾個女生也在笑賽莉亞，就是她們幾個曾嘲笑過她化妝的事。

當葛瑞塔將那支唇膏握在她巨大的手掌裡秀給大家看時，大夥兒高聲歡呼了起來。

賽莉亞大叫著，伸手去抓唇膏。於是葛瑞塔把唇膏高高的舉在賽莉亞眼前。

緊接著，她在賽莉亞的前額上畫了一個紅色的笑臉。

賽莉亞噙著淚水，我看她眞的快發狂了。

我其實不了解，爲什麼她會爲了一支唇膏這麼歇斯底里，可是我決定爲她出

這句英文怎麼說？

我看她真的快發狂了。
I saw that she was totally losing it.

點力。

現在，該湯米・佛萊塞來英雄救美了。

「嘿……把那個還給她！」我大吼。

我做了個深呼吸，踏步向前，打算好好教訓葛瑞塔。

8.

葛瑞塔把那支唇膏高舉過頭，伸出另一隻手一把推開了賽莉亞。

「把那個還給她！」我又說了一遍，而且故意裝出很兇的口氣。「這一點也不好玩，葛瑞塔，把唇膏還給賽莉亞。」

我跳起來，抓住葛瑞塔握住唇膏的那隻手。

有幾個同學齊聲歡呼、拍手叫好。

我雙手使勁想從葛瑞塔的大手中把那支唇膏拽出來。

就在這時候，迪凡先生回來了。「這是怎麼回事？」他提高了嗓門問道。

我回過頭去，只見他的雙眼透過圓形的黑框眼鏡瞪著我。

我放下手來，那支唇膏掉到地上，滾到了賽莉亞的桌子底下。

這句英文怎麼說

為什麼你要離開座位？
Why did you leave your seat?

她發出一聲低呼，奔了過去。

「出了什麼事？」迪凡先生快步走到黑板前面。「湯米，你跑到前面來做什麼？」老師大聲質問，藏在他厚鏡片背後的雙眼暴睜得像網球一樣大！「爲什麼你要離開座位？」

「我只是……呃……來拿個東西。」我支支吾吾的說不出話來。

「他來幫我。」賽莉亞突然插嘴爲我解圍。我垂著眼睛看著她，拿到唇膏之後，她看起來冷靜多了。

但是同時，我的心臟跳得好快，像在打鼓一樣。

「大家都回座位上坐好，」迪凡先生下令：「我以爲我應該可以離開個兩分鐘，你們不會失控的。」他轉而瞪視著葛瑞塔。

「只是無聊打發時間嘛。」葛瑞塔咕噥著，把淡金色的頭髮撥到腦後，一屁股坐進位子裡。

我拖著腳步回到位子上，深深的吸了好幾口氣。我想問賽莉亞何必在意區區一支唇膏，可是她並沒有回頭。

迪凡先生又花了一會兒工夫，才讓大家安靜下來。接著他看了一眼掛在黑板上面牆上的時鐘。

「還有二十分鐘才下課，」他說：「我得處理一些文書工作，所以我希望大家能靜靜的讀書。」

他拿下眼鏡，把其中一片鏡片上的髒東西吹掉。他沒戴眼鏡時，那對眼珠就像兩顆小小的彈珠。

「你們下週一就得交讀書報告了，」他提醒我們：「現在正好可以讀點東西。」

剎時間，大家同時掏出書本，教室裡傳來一陣陣椅子拖在地板上的摩擦聲、書包落地的撞擊聲。過了一會兒，教室裡漸漸安靜了下來。

這次的讀書報告我打算寫雷．布雷貝利（註）的短篇小說集。不過我並不是科幻小說迷，只是這些故事眞的很好看，他寫的每一篇故事幾乎都有個令人意想不到的結局，我很喜歡。

我試著集中精神讀其中的一篇，這是個悲傷的故事，描寫一群小孩住在一個雨下不停的星球上，他們從來沒有見過陽光，也不曾到外面去玩過。

這句英文怎麼說

過了一會兒，教室裡漸漸安靜下來。
A few seconds later, the room fell silent.

我讀了幾頁，耳邊突然傳來一個聲音，害我手上的書差點兒掉到地上去。那是一個女孩的聲音，非常的輕細，卻非常的近。

「求求你救救我，」她叫著：「救救我……」

我嚇得闔上書本，看了看四周。是誰在說話？

我望向賽莉亞，心想，難道是她在叫我嗎？

可是不是，她很專心的在看書。

「救救我……求求你。」我又聽見那女孩乞求的聲音。

我猛的轉過頭去，沒看到半個人。

「你們聽見了嗎？」我沒料到自己的聲音那麼大。

迪凡先生從埋首的一堆資料中抬起眼來。「湯米？你說什麼？」

「你們聽見那個女孩的聲音了嗎？」我問，「她在求救。」

有幾個同學笑了出來。賽莉亞轉過頭來皺著眉頭看著我。

「我什麼也沒聽見。」迪凡先生說道。

「可是，我眞的聽見了，」我堅持的說：「我聽見她在喊著『救救我』。」

迪凡先生「嘖」了一聲說道：「你應該還沒老到會幻聽才對。」

這次發笑的人更多了。可是我覺得這一點也不好笑。

我嘆了一口氣，把書拿起來，恨不得趕快下課鈴響、趕緊飛奔離開教室。

我快速翻著書頁，想找到剛剛讀的地方。

可是我都還沒翻到，就又聽見了那個女孩的聲音。

那聲音這麼輕、這麼近，而且這麼的悲淒。

「救救我，求求你，求求你，誰……來救救我呀！」

註：Ray Bradbury，一九二〇年八月～二〇一二年六月。美國科幻、奇幻、恐怖小說家。代表作有《火星紀事》(The Martian Chronicles)、《華氏 451 度》(Fahrenheit 451) 等。

這句英文怎麼說

你應該還沒老到會幻聽才對。
You're too young to start hearing voices.

9.

在學校舞會的那天晚上，班、賽莉亞和我提早來到了體育館。由於距開場只剩下一個鐘頭，我們匆匆的在各個布置上做最後的修飾。

我覺得我們做的布置挺不賴的呢。

除了在體育館外掛了許多標語牌之外，我們也在館內懸掛了兩面很大的牌子，一面寫著「鐘谷搖吧！」，另一面寫著「歡迎，各位！」。

我們在籃球框上繫了一些宴會用的氦氣氣球。當然囉，那些氣球全是紅色和黑色的。另外，牆上和椅子上也都貼了紅色和黑色的皺紋紙飾帶。

我和賽莉亞花了好幾天的時間，畫了一張一隻非洲野牛豎起大拇指的海報，野牛下頭寫著「非洲野牛主宰！」。

我和賽莉亞並不擅長畫畫，畫出來的非洲野牛不怎麼像在書上看到的圖片，班還說那簡直就像一隻病奄奄的水牛，可是我們還是把那張海報給掛起來了。

這時候，我們正用紅白相間的皺紋紙布置飲料桌，我抬眼看了一下計分板，已經七點半了，舞會將在八點開場。

「我們還有很多地方還沒做呢！」我說。

這時，班將紙桌布的一端一扯，可能是用力過猛，傳來一聲細微的撕裂聲。

「哇，慘了，」他哀叫了一聲：「有誰帶了膠帶來？」

「還好啦，別緊張，」賽莉亞說：「只要用汽水瓶或別的東西把破掉的地方遮起來就好了。」

我又看了時鐘一眼，「樂團什麼時候到啊？」

「隨時都會到吧，」賽莉亞回答：「他們應該會提早來做準備的。」

學校裡的幾個同學組了一個叫做「哼哼」的樂團，怪得不得了，團員中有五個人是吉他手、一個鼓手。

我聽一些同學說過，他們裡頭的三個吉他手根本不會彈吉他。可是柏登太太

這句英文怎麼說

他們應該會提早來做準備的。
They were supposed to get here early to set up.

卻要他們在今天的舞會上表演新曲目。

由於桌布實在太大了點，我們花了一會兒工夫才把它給拉平。

「接下來呢？」班問道。「門上頭要布置嗎？」

我還沒來得及回答，體育館的雙層門就被推開了，只見柏登太太走了進來。一開始我並沒有認出她，因爲她穿了一件閃閃發亮的禮服，把一頭卷髮挽得高高的，還戴著一個銀飾。

可是，儘管她戴著髮飾，還是沒比我們高多少呢！

她快步走向我們，一面環顧著整個體育館。「太好了！太棒了！」她高聲讚嘆：「噢，你們很賣力呢！做得太好了！」

我們向她道謝。

她塞了一部拍立得相機到我手裡。「湯米，你來拍照。」她指示著：「把你們做的布置拍起來，快，趁大家還沒到之前多拍幾張。」

我拿起相機來左看右看，「嗯……好吧。」我答應了，「可是我們還有很多地方沒做好，門上還沒貼海報、那邊還要多綁幾顆氣球，而且，而且……」

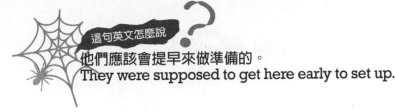

柏登太太笑了，「你好像有點壓力喔！」

賽莉亞和班也笑了起來，我覺得臉上一下子發燙了，我知道我一定臉紅了。

「別緊張，湯米，」柏登太太說著，輕輕的拍拍我的肩膀：「否則還沒撐到開場你就沒命了。」

我擠出了一個微笑，說道：「我沒事。」

這時候，我完全沒料到——儘管我這麼賣力的布置會場——我竟然沒機會看到舞會開場。

這句英文怎麼說

你好像有點壓力喔！
You're a little stressed!

10.

「喂！小心！」

「把那個擴音器移開！嘿，葛瑞塔……把那個擴音器移開！」

「你才把你自己移開咧！」

「誰看到了我的弱音器？你們有誰看到我的弱音器嗎？」

「我把它當早餐吃了！」

「不好笑，把那個擴音器拿開！」

當我拿著拍立得四處拍照時，樂團的團員到了。他們迅速的在觀眾席旁組裝起設備，一群人吼來吼去、哄鬧成一團。

五個吉他手都是男生，葛瑞塔是鼓手。看到她把鼓具連拉帶扯的拖著走，我

不禁想起星期四在教室裡的那場唇膏混戰。

那天下課後我問賽莉亞爲什麼那麼在意唇膏，我問她：「妳爲什麼那麼生氣呢？」

「我才沒生氣咧！」賽莉亞反駁道：「是葛瑞塔瘋了，她以爲她又高又壯就可以隨便搶走別人的東西。」

「她眞的超怪的，」我同意她的說法：「可是妳幹嘛那麼激動？」

「我喜歡那支口紅啊，就這樣，」賽莉亞回答道：「那是我最棒的一支口紅了，我爲什麼要讓她搶走？」

葛瑞塔還是像平常一樣一身黑衣打扮，正忙著做樂器組裝的最後善後。他們笑鬧著、推擠著，來來回回的丟擲電線、被吉他盒絆倒，好像自組了一個樂團，就儼然一副超級巨星的模樣。

有幾個同學開始進場了，我認出其中兩個女生是負責收入場券的。另外幾個則是飲料組的，他們開始抱怨有人只訂了百事可樂出產的飲料，而沒有訂可口可樂的。

這句英文怎麼說

我才沒生氣咧！
I didn't go nuts!

我在一片混亂中趁隙把標語牌和氣球拍下來，就在我正對好焦距打算把「非洲野牛」那張海報拍下來之際，突然一個巨大的聲響使得我猛然轉過頭去。只見葛瑞塔和其中一個吉他手正作勢要用吉他來決鬥。其他團員見了都哈哈大笑，還一邊大聲起鬨。

葛瑞塔舉起一把吉他，另一個傢伙也是，他們把吉他高舉過頭，擺出一副要向對方進攻的態勢。

「不要，住手！」我高聲喊道。

但是太遲了。葛瑞塔的吉他正對著「鐘谷搖吧！」的標語牌劈了下去，把那塊標語牌劈成了兩半。

我看著被劈成兩半的板子掉到地板上，不禁發出了一聲低吼。我轉過身去，看到班和賽莉亞正一臉的怒容。

「嘿……抱歉啦！」葛瑞塔高喊著，隨即爆出一陣狂笑。

我跑過去，撿起一塊破掉的標語牌。賽莉亞和班也跟在我後面跑了過來。

「現在怎麼辦？」我大聲說道：「這個壞掉了！」

「我們不能就這樣扔在地板上不管啊！」賽莉亞說著，搖了搖頭。

「沒有這個不行啊！」我說。

「沒錯，這是我們最好的一塊標語牌。」賽莉亞認同的說。

「也許我們可以想辦法把它黏好。」我提議。

「沒問題，我們把它重新黏回去，」班說：「走吧，湯米。」

他抓住我的一隻手臂，拉著我往前走。

我手上的相機差點掉了下去，「我們去哪裡？」我問。

「當然是去樓上的美術教室啊。」班回答。他慢慢的跑向體育館的雙層門，於是我也跟了過去。

我想，把標語牌黏好應該不會花太久的時間，黏好之後再到儲藏室去借一把梯子，就可以把標語牌掛回去了。

我們來到走廊上，我停下了腳步。只見同學們正陸陸續續趕到了體育館。

「我們沒時間修標語牌了！」我對班說道。

「快一點應該來得及，」他說，「沒問題的。」

這句英文怎麼說

也許我們可以想辦法把它黏好。
Maybe we can tape it back together.

「可是……可是美術教室遠在三樓耶！」我衝口而出，「等到我們一路趕回到體育館的時候，恐怕……」

「放輕鬆點，」班說道：「只要你別再嘮嘮叨叨，我們很快就會趕回來的。來，快走吧！」

班說的有道理。我開始往走廊的盡頭跑去，只見同學們魚貫的走進了體育館，我知道得動作快點才行。

「嘿……不是那裡！」班高喊著：「你跑錯方向了，湯米！」

「我知道路，」我也回喊道：「上次我走過！」我跑到了走廊的盡頭，拐過一個轉角。

「湯米……停下來！」班又高喊著。

「從這裡上去！」我也高聲喊道：「這條路比較快，我知道的。」

可是我錯了，我應該聽班的話的。過了幾秒鐘，我被走廊盡頭的一道木板封死的牆擋住了去路。

「你看吧，」班氣喘吁吁的叫著，「你是怎麼搞的？樓梯在後面那邊。」

「好吧，我錯了，」我說：「我只是想快一點，沒別的意思。」

「可是你根本不知道自己會跑到哪裡去！」他沒好氣的說：「還記得上次的事嗎？湯米，你需要一本地圖，否則又會迷路！」

「很好笑，」我咕噥的說，瞪著四周然後問道：「這是哪裡？」

「我不知道！真不敢相信我居然跟著你後面跑！」班氣急敗壞的說著，握起雙拳往眼前的牆壁一捶。

「嘿……！」

破舊的木板斷裂了，我和班不禁失聲叫了起來。班嚇了一大跳，整個人踉蹌的往前倒，直接撞在木板上。

那些木板紛紛斷裂，掉在地板上。班往前栽倒在那堆木板上。

「噢，天啊，」我彎下身去幫他站起來。「你看！」我說，遠望著一條黑漆漆的走廊，「這一定就是那棟他們封起來的舊大樓。」

「超詭異的，」班嘟囔著，低吼一聲，揉著膝蓋，「我的膝蓋撞到那些木板了，好像在流血。」

這句英文怎麼說

提醒我把這一段寫在日記上！
Remind me to write that in my diary!

我跨步向前，走進那條陰暗的走廊。「這間學校被封死了五十年，」我對班說：「我們大概是在那之後第一個進到這裡來的人吧。」

「提醒我把這一段寫在日記上！」班怒氣沖沖的大吼著，一邊搓揉著膝蓋，「我們到底還要不要去美術教室啊？」

我沒回答他。對面牆上的某個東西吸引了我的目光，我走了過去。

「嘿，班，你看，有一座電梯。」

「什麼？」他跛著腳穿過走廊朝我走來。

「你相信嗎？」我問道：「舊學校大樓竟然有電梯。」

「那些學生還眞走運咧。」班回答。

我按了一下牆上的按鈕。很意外的是，電梯門輕輕的滑開了。

「哇……！」我朝裡頭窺探。天花板上一盞滿布灰塵的燈亮了，微弱的光線灑在金屬機廂上。

「燈亮了！」班大聲說道：「它會動耶！」

「我們坐到三樓去，」我鼓動他：「走吧，我們爲什麼非得爬樓梯不可？」

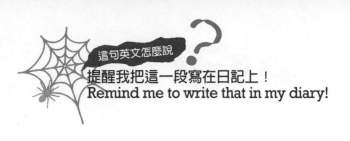

「可是……可是……」班往後退，但我抓住他的肩膀，把他推進電梯裡，並且跟著他進到了裡面。

「這樣很棒啊！」我說：「我就說我知道怎麼走嘛。」

班緊張的注視著狹窄陰暗的電梯機廂。「我們不該這麼做的！」他喃喃的說。

「又不會怎麼樣！」我回答。

電梯門靜靜的關上了。

這句英文怎麼說

我就說我知道怎麼走嘛。
I told you I knew how to get there.

11.

「電梯在動嗎？」班問道，抬眼看著電梯的天花板。

「當然沒有，」我回答：「我們又還沒按按鈕。」

我伸出手，按了寫著數字「3」的大大的黑色按鈕。

「你是怎麼了？」我問：「幹嘛那麼緊張？我們又不是要搶銀行或做什麼壞事。我們只不過是因爲很急，所以才搭電梯的。」

「這部電梯已經五十年了。」班回答。

「那又怎麼樣？」我問。

「怎麼樣……我們沒在動啊！」班輕聲說道。

我又按了一下按鈕，豎耳傾聽有沒有電梯往上開動的運轉聲。

可是，四下一片寂靜。

「我們出去吧，」班說：「電梯壞了，我告訴過你，我們不該這麼做的。」

我又按了一次按鈕，還是沒有動靜。

我按了標示著「2」的按鈕。

「我們在浪費時間，」班說道：「假如剛剛我們走樓梯，現在已經跑上三樓了。舞會要開始了，可是那塊蠢標語牌卻還拖在地板上。」

我又按了一次「3」的按鈕，再按了一次「2」的按鈕。

沒有動靜，沒有任何聲響，電梯文風不動。

我按了按標示著「B」的按鈕。

「我們又沒有要去地下室！」班大叫，聲音掩不住一絲的慌張失措，「湯米，你爲什麼要按『B』？」

「我只是試試看電梯能不能動嘛！」我說，忽然覺得喉嚨有點乾渴。我胃的底部一陣緊縮。

爲什麼電梯不動呢？

這句英文怎麼說

賽莉亞現在大概已經要發火了吧。
Thalia is probably a little steamed by now.

我又按了所有的按鈕，終於受不了了，掄起拳頭猛捶。

班把我的手拉開。「試得很棒嘛，老兄，」他挖苦的說，「我們出去吧，可以嗎？我可不想錯過舞會。」

「賽莉亞現在大概已經要發火了吧！」我說著，搖了搖頭，又連按了「3」的按鈕幾次。

可是電梯還是一動也不動。

「把電梯門打開吧！」班說道。

「好吧，很好。」我喪氣的說著，眼睛掃向按鍵板。

「怎麼了？」班不耐煩的問。

「我……我找不到『開門』的按鈕。」我結結巴巴的說。

他一把把我推開，「看這兒，」他說，瞪著那幾個銀色的按鈕。「呃……」

我們一起打量著那塊按鍵板。

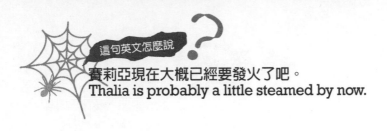

「一定會有一個『開門』的按鈕的。」班嘟囔著。

「或許開門鈕是這個有箭頭標誌的。」我說，把手放到按鍵板最下面的一個按鈕。那個按鈕上有兩個箭頭，像這樣：︿﹀。

「是的，按吧。」班說道，但他沒等我來按，而是伸出手來越過我，重重的往那個按鈕按下去。

我瞪著電梯門，等待它滑開來。

可是它沒動。

我又按了︿﹀的按鈕一次，再一次。

它還是一動也不動。

「我們要怎麼出去？」班大聲問道。

「別慌，」我安撫他：「我們會把門打開的。」

「爲什麼我不該慌？」他尖聲問道。

「因爲我要先做那個慌的人！」我高聲的說，心想或許這個笑話會讓他發笑，隨後冷靜下來。畢竟，他常常動不動就開玩笑呀。

可是他連抬抬嘴角都沒有，眼睛始終沒有離開那扇陰暗的電梯門。

我再次按了︿﹀的按鈕，大拇指緊按著不放，但是電梯門還是沒開。

這句英文怎麼說

為什麼我不該慌？
Why shouldn't I panic?

我又按了按「3」和「2」的按鈕，再按「1」的按鈕。

沒有動靜，一片死寂，那些按鈕連「喀答」一聲都沒有。

班的雙眼圓睜，他將雙手圍在嘴邊做成喇叭狀，「救救我們！」他叫著：「有人聽見嗎？救救我們！」

四下悄然無聲。然後，我發現按鍵板上最上面的那顆紅色按鈕。

「班，你看，」我指著那個紅色按鈕。「是緊急按鈕！」

他高興的喊道，「快，湯米，按啊！那很可能是警鈴，有人聽見了就會來解救我們的！」

我按下紅色按鈕。

沒有聽見警鈴聲。

可是電梯開始嗡嗡響了。

我聽見傳動裝置的叮噹聲，腳下的地板顫動著。

「嘿……電梯動了！」班開心的說道。

我發出歡呼，伸出手去跟他擊掌。

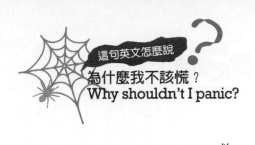

可是冷不防的，電梯猛然一拉，我一個不穩，跌撞在牆上。

「噢噢！」我咕噥著，站直了身體，轉向班。

我們倆瞪大雙眼面面相覷，不敢相信世上竟然有這種事。

電梯不是向上走、也不是往下走，而是往橫的一邊移動！

這句英文怎麼說

班終於打破沉默。
Ben finally broke the silence.

12.

電梯發出隆隆聲、不停的擺動著。我緊抓著電梯兩側的木製扶手，只聽見傳動裝置叮噹作響。腳下的地板一直抖動著。

我們彼此瞪視著，忽然了解眼前的處境，兩個人都不發一語。

班終於打破沉默。「這是不可能的！」他喃喃的說道，聲音彷彿梗住了，很輕、很細。

「它要帶我們去哪裡？」我輕聲問道，緊抓著扶手的雙手都痛了起來。

「不可能的，」班又說了同樣的話，「不可能有這種事，電梯只會往上走或……」

冷不防的，電梯猛然停住了，車廂劇烈的上下跳動。

「哇哇哇……！」我的肩膀重重的摔在電梯牆上，痛得不禁尖聲大叫。

「下一次我們一定要走樓梯。」班咕噥著。

電梯門開了。

我們往外看了看，只見一片全然的黑暗。

「我們是在地下室嗎？」班問道，頭抵在門上。

「電梯沒有往下走啊。」我回答，一股冷颼颼的寒意由頸子後面直竄而下。

「電梯沒有往上、也沒有往下，所以……」

「我們還在一樓，」班馬上接口說道，「可是爲什麼這裡這麼暗？眞不敢相信世界上會有這種事！」

我們從電梯中跨步出來。我等了一會兒，好讓眼睛適應眼前的一片漆黑，可是好像沒有用，四周還是黑不見底。

「這裡一定有燈的開關。」我邊說邊伸出手來沿著牆壁摸索，指尖感覺到了磁磚的輪廓，可是找不到開關。

「我們趕快離開這兒吧，」班催促著，「我們不會想困在這裡的，這裡什麼

這句英文怎麼說

你可不可以不要再說那句話了！
Would you please stop saying that!

也看不見。」

我還在摸索著燈的開關。「好吧。」我說著，放下手來，打算退回電梯去。

這時，我聽見電梯門關起來了。

「不！」我不禁放聲尖叫。

我和班拚命拍打電梯門，並且伸手到牆上摸索按鈕好打開電梯門。

我又急又慌，手不停的抖著，雙手分別在緊閉的電梯兩側的牆上摸索著。

可是沒有任何按鈕，我找不到電梯的按鈕。

我轉過身去，背緊緊抵在牆上，突然覺得呼吸困難，心臟怦怦猛跳。

「眞不敢相信世上會有這種事！」班又嘟囔道。

「你可不可以不要再說那句話了！」我高聲說道，「事實上就是發生了。我們在這兒，我們不知道這裡是哪裡，可是我們人就在這裡！」

「可是要是我們叫不到電梯，要怎麼離開這裡呢？」班一副快哭出來的樣子。

「我們會找到方法的！」我說，然後深深的吸了一口氣，並且屏住。

我決定了，既然他這麼害怕，那只好由我來保持冷靜囉。

我仔細傾聽著，「我沒聽見任何音樂、說話聲或其他聲響，我想我們一定離體育館很遠。」

「嗯……那我們要怎麼辦？」班高聲問道：「我們不能一直待在這兒啊！」

我的腦筋一片混亂，於是瞇起眼睛注視著眼前的一片黑暗，希望能從中找出一扇門或一面窗子，或是任何一樣東西！

可是包圍著我們的這片黑暗，遠比不見任何星光的天空還要深沉陰暗啊！

我的背緊緊抵在冰冷的磁磚牆上。「我知道，」我說：「我們先保持緊靠著牆壁。」

「然後呢？」班輕聲說道，「然後要怎麼做？」

「我們沿著牆壁移動，」我繼續說道，「我們沿著牆壁往前走，直到找到了門，一扇通往光亮處的門。這樣，也許我們就會知道這兒是哪裡了。」

「也許。」班回答，聽起來不抱太大的期望。

「你緊跟著我！」我說。

他從後頭撞上我。

這句英文怎麼說

你緊跟著我。
Stick close behind me.

「別跟那麼緊！」我說。

「我沒辦法啊，我看不到！」他高聲說道。

我們緩緩的、很慢很慢的，開始往前走。我的右手貼在牆上，一邊走，一邊滑過牆上的磁磚。

才走不到幾步，忽然聽見身後有一個聲音。一聲咳嗽聲。

我停下腳步，轉過身去。

「班……是你嗎？」

「什麼？」他又撞上了我。

「你剛剛咳嗽了嗎？」我小聲的問。

「沒有啊！」他回答。

這時我又聽見一聲咳嗽聲，以及一聲清晰的低語。

「呃……班……」我說著，緊緊抓住他的肩膀。「你猜怎麼著？這兒還有別人。」

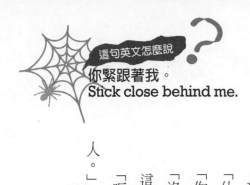

13.

當燈亮的時候，我們倆都倒吸了一口氣。

起初，光線很微弱。我眨了好幾次眼睛，等待燈光漸漸變亮。

可是燈光並沒有變亮。

我瞪著前方，發現我們在一間房間裡！一間灰撲撲的房間。我的視線從黑板移到老師用的木炭色書桌，再移到暗灰色的學生書桌，然後是淺灰色、貼著磁磚的牆壁，以及黑灰相間的教室地板。

「太奇怪了，」班喃喃的說道，「我的眼睛……」

「不是你的眼睛有問題，」我讓他安心，「是這間房間的燈光太微弱了，因此所有東西看起來都灰濛濛的。」

這句英文怎麼說

當燈亮的時候，我們倆都倒吸了一口氣。
We both gasped as the lights came on.

「感覺上好像是黑白電影裡的景象。」班說道。

我們在微弱的光線中瞇著眼睛，開始朝教室的門走去。

「我們從那裡出去吧，」我提議，「最好趕在燈又熄滅以前。」

當我們穿過教室的一半時，我又聽見了一聲咳嗽，接著傳來一個女孩的叫聲。

「喂……！」

班和我都停下了腳步。我們轉過身去，只見一個差不多跟我們一樣大的女孩從一座書櫃後面走了出來。

她瞪著我們。

我們也瞪著她。

她長得滿可愛的，短髮又直又黑，前額留著瀏海，身上穿著一件老式的V領毛衣、很長的打摺裙和黑白兩色的鞍鞋。

我想開口跟她說聲「嗨」，可是一注意到她的皮膚，我又把話吞了回去。她的皮膚就像她身上的毛衣一樣灰灰的，她的眼睛、嘴唇也是灰色的。

她就像這間房間一樣，是黑白的！

班和我交換了困惑的眼神。我轉身面對那個女孩，她緊靠在櫃子的邊邊上，用懷疑的眼神看著我和班。

「是妳躲在那後面嗎？」我衝口而出。

她點點頭，「我聽見你們來了，可是我們不認識你們。」

「我們？」我問道。

她還沒回答，又有四個小孩——兩個男生、兩個女生——從高櫃子後面跳了出來。

他們全灰撲撲的！

全都是灰色調的！

「你瞧他們！」其中一個男生大叫，他的雙眼暴睜，注視著我們。

「太令人難以置信了！」另一個男孩也高喊。

在我和班還沒來得及移動之前，他們就衝過來了。

他們忽然一起高聲叫喊，跺著腳從房間那頭衝向我們。

這句英文怎麼說

班和我交換了困惑的眼神。
Ben and I exchange confused glances.

他們把我們團團圍住，抓住我們、扯著我們的衣服。

他們不停的扯著我們，尖叫著、大笑著、高喊著。

他們拉扯我的襯衫，把我的袖子都扯破了。

「班……！」我尖聲叫道，「他們……他們要把我們給撕成碎片！」

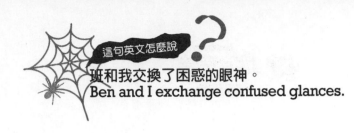

14.

「瞧！你瞧他們！」一個女孩大聲叫著，她高舉著我的一隻袖子。

兩個男孩繼續撕扯我身上僅存的上衣。

我倒在地板上，想掙脫他們。

可是他們還是團團圍住我。

一個女孩開始拉我的一隻鞋子。

班揮動著拳頭，想要把他們趕開。他的一隻手打到了黑板，痛得哇哇大叫。

「住手！」我聽見一個男孩大吼一聲，聲音蓋過了其他人的喊叫。「住手！放開他們！」

我伸出雙腳猛踢，只見班又揮起拳頭來。

這句英文怎麼說

他們往後退了好幾步。
They took several steps back.

「住手！」那個男孩又大吼，「放開！聽見沒？住手！」

那群小孩開始往後退。那個女孩把我的一隻鞋子扔在地上，我趕緊把它撿起來。

他們往後退了好幾步，排成一排，瞪著我們。

「那些顏色！」一個女孩高聲說道，「太多顏色了！」

「害我眼睛好痛！」一個男孩大叫。

「可是好漂亮呀！」一個女孩激動的說道，「這……這簡直就像做夢一樣。」

「妳做的夢還是彩色的嗎？」一個男孩問她，「我做的夢都是黑白的。」

我猛拉著我的一隻鞋，顫抖著從地上爬了起來，用力的扯了扯卡其褲，想把它扯直一些，再把破掉的上衣塞進褲子裡。

班搓揉著他剛剛打到黑板的那隻手，滿頭大汗的金髮亂七八糟的，整張臉都脹紅了。

「湯米，」他細聲的說，「這是怎麼回事？太可怕了。」

我瞪著在我們面前排成一排的五個小孩。

「沒有色彩……」我喃喃的說。

他們全是黑白的。他們的衣服、皮膚、眼睛、頭髮……沒有一點點色彩。只有灰色調和黑色調。

我一邊調整呼吸，一邊仔細觀察他們，發現他們不像現代的小孩，不像是我們學校的學生。

眼前的女孩都穿著裙子，長及腳踝的裙子。而男孩則穿著大領子的運動上衣，塞在寬鬆的打摺褲裡。

就像老電影裡的打扮，我想。

都是黑白色調的。

我們彼此對看了很長的一段時間後，那個看似他們頭頭的男孩說話了。「我們感到很抱歉，」他說：「你們知道的，我們……」

「我們並不想傷害你們，」站在他旁邊的女孩插嘴說道：「只不過……我們已經很久沒看到彩色的東西了。」

「我只是想摸一摸，」前額留著瀏海的那個黑髮女生哀戚的接口說道：「我想要摸一摸彩色的東西，我已經很久很久……」

「你們是來救我們的嗎？」第一個男孩輕聲問道，他的灰眼珠緊緊盯著我的眼睛，充滿了祈求。

「救你們？」我回答：「不，不，不是，你知道的……」

「那就太可惜了。」那個留瀏海的女生皺著眉頭說道。

「呃？太可惜了？」我不懂這話是什麼意思。「什麼意思？」我問。

「因爲，」那個女孩回答：「你們永遠不能離開這裡了。」

這句英文怎麼說

他的灰眼珠緊緊盯著我的眼睛。
His gray eyes locked on mine.

15.

「喂……我們已經把他們給嚇壞了。他們還以爲我們是一群發瘋的野蠻人咧。瑪麗，妳就別再嚇唬他們了。」那個男孩責罵道。

「我沒有！」她絲毫不肯退讓，雙臂交疊在胸前，「我只是認爲他們應該知道事實，我想……」

「事實？」我打斷她：「這是怎麼回事？你們只是鬧著玩的，對不對？」

「是啊，去把你們臉上的灰粉擦掉吧，然後告訴我們這只是鬧著玩的。」班也插嘴說道。

那個叫做瑪麗的女孩咬著下唇，我看見她的左眼噙著淚珠，淚水隨即盈滿眼眶，滑落她灰色的臉頰。「這不是在開玩笑。」她哽咽道。

這句英文怎麼說

那個叫做瑪麗的女孩咬著下唇。
The girl named Mary bit her bottom lip.

「少來了！」班咕噥著：「只要你們把燈弄亮一點，就……」

「這樣沒用的！」那個男孩怒聲大吼。

瑪麗轉過身去面對他，伸手抹去臉上的淚水。「我眞的以爲他們是來解救我們的，」她抖著聲音說道：「我眞的以爲終於……」她的聲音越來越小，終至消失了。

另一個女孩伸出一隻手臂環抱著瑪麗。

我閉上了眼睛一會兒，剛剛一直盯著眼前灰撲撲的影像，我不禁頭痛起來。

「有人可以告訴我們這是怎麼回事嗎？」我聽到班大聲詢問。

我張開眼睛，只見那五個小孩從房間那頭朝我們走過來。

那個頭頭比我高一點，他有一頭黑色卷髮，大大的黑眼珠，眼角有點皺紋。我發現他一邊的眉毛上面有一道小小的灰色疤痕，灰色的上衣底下肩膀寬闊，一副運動員的體格。

而站在他旁邊的女孩又瘦又高，披著一頭又直又灰的長髮，還有一對哀傷的灰眸子。

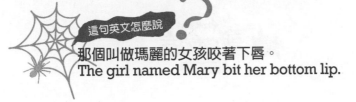

「我叫塞斯，」那個男孩說道，「這是瑪麗、這是愛洛伊絲，」他一一指著每個同伴，「這是愛迪和夢娜。」

班和我也做了自我介紹。

「我們無意嚇唬你們，」瑪麗再次聲明：「可是我們可不可以摸摸你們身上的顏色？我們已經很久沒有看到彩色的東西了，我們只是……」她再度哽咽，轉過身去。

「呃……我和班得回到舞會去，」我說著，眼睛望向房門，「你們知道的，我們是舞會布置組的組員，有一塊標語牌破了，我們……」

「你們回不去的，」塞斯說道，他黝黑的眼珠凝視著我，「瑪麗說的是事實，你們回不去的。」

「太可笑了，」班搖搖頭回答：「我們在舊大樓……不是嗎？我們會沿著走道走，直到通到新大樓。體育館就在新大樓地下室。」

愛洛伊絲咳了起來，原來她就是燈還沒亮時我聽見咳嗽聲的那個女生。她拿著一張灰撲撲的面紙擤鼻子，看起來好像是感冒了。

這句英文怎麼說

我們會沿著走道走，直到通到新大樓。
We'll follow the hall till it leads to the new building.

「你們不是在舊大樓裡。」她啞著聲音說。

「那麼我們在哪裡？」班高聲問道：「地下室嗎？」

所有灰撲撲的小孩一起搖了搖頭。

「這有點難以解釋。」塞斯說。

「好吧，我們會找到路回去的，」我說著，提起腳步往門口走去，「我是說，學校並沒有那麼大，就算迷路也不會太久的。」

「你們並不是在學校裡頭。」愛洛伊絲說著，又擤了擤鼻子。

「妳說什麼？」班大叫，「這個房間看起來就像教室啊，看到沒？這不是書桌、椅子、黑板嗎？」

「我們走吧。」我說道，輕輕推著他往門口走。

「坐下。」塞斯尖聲命令道。

我和班都快走到門口了。

「我說坐下！」塞斯又下令道。

「你們最好乖乖聽他的話。」叫做夢娜的女孩警告我們。

塞斯不耐煩的指著兩張桌子。「坐。」

我嚥了嚥口水，只覺喉嚨一陣緊縮，不禁打了個冷顫，全身戰慄。這是怎麼回事？我丈二金剛摸不著頭腦，可是又不是真的想知道真相。

我只想逃離這個灰撲撲的房間、這些灰濛濛的小孩。

他們從房間那頭朝我們逼近，臉上的神情緊繃，塞斯雙手插在腰上，一副隨時要開打的模樣。

「坐下，你們兩個。」他絲毫不鬆口。

「抱歉，改天吧。」班回答。

我和班的想法一致。我們同時轉身，拔腿就跑，沒命的衝向教室門。

我先到。我抓住門把一轉，用力往外推。

「快！快！」班驚慌的喊道。

「門……門推不開！」我大叫。

教室的門鎖住了。

這句英文怎麼說

我和班的想法一致。

Ben and I both had the same idea in our heads.

16.

班慌張到了極點，他抓住門把，一把把我推開。他雙手握住門把使勁猛拉，接著弓起身體用肩膀抵住門，死命的往外推。可是門文風不動。

「那扇門打不開的。」塞斯冷冷的說。

我轉過頭一看，只見塞斯依然雙手插在腰際，其他的灰色小孩則分別站在他的兩側，瞇著眼睛瞪著我們，在灰濛濛的微弱燈光下瞪視著我們。

「爲什麼？爲什麼門鎖住了？」我上氣不接下氣的問道。

「那扇門不是我們可以用的，」瑪麗回答，另一個女孩蒼白的臉上淚光閃閃，「那是通往彩色世界的門。」

「什麼？妳說什麼？」我大叫。

「這個玩笑是誰想出來的？」班不耐煩的高聲問道。「你們幾個，這一點也不好玩！不好玩！」

我看得出來班已經到了忍耐的極限了，他快要失控了。我伸出手放在他的手臂上，示意他冷靜下來。我有一種感覺，這些小孩並不是在開玩笑。

「我們要怎麼出去呢？」班大聲問道，一拳打在門上，「你們不可以把我們關在這個灰撲撲的房間裡，不可以！」

塞斯又示意著桌子，要我們坐下來。「你們兩個坐下，」他再次下令，「我們沒有要把你們關在這兒，我們也沒有要傷害你們或怎麼樣。」

班看了一眼他的手錶。「可是……可是……」

「我們會盡量解釋的，」瑪麗釋出善意，「你們最好安靜下來，了解一下這裡的狀況。」

「尤其既然你們得繼續待在這兒，跟我們在一起。」愛洛伊絲補充道。

我打了個冷顫，一股涼意從背脊直竄而下。「爲什麼你們一直這麼說？」

他們沒有回答。

這句英文怎麼說

我看得出來班已經到了忍耐的極限了。
I could see that Ben was about to lose it.

我和班一屁股坐進位子裡。三個女孩拉了椅子坐在我們對面，愛迪雙臂環抱在胸前，背靠著黑板。

塞斯在老師的辦公桌前站直了。「我不知道該從哪裡說起。」他說著，舉起一隻手順了順後腦的厚重黑髮。

「先說我們現在在哪兒吧。」我說。

「再告訴我們該怎麼回體育館去。」班仍然不死心，「長話短說，好嗎？」

「你們是從另一邊來的。」塞斯說道。

班翻了翻白眼。「什麼的另一邊？」他煩躁的說。

「牆的另一邊。」塞斯回答。

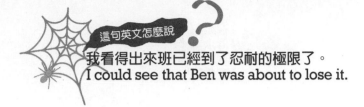

愛洛伊絲打了個噴嚏。她從腰際的包包裡拉出一張面紙，「我的感冒一直好不了，」她嘆了口氣，「我猜這一定是因為沒有陽光的關係。」

「沒有陽光？」我提高了聲調。「牆的另一邊？」我發出一聲怪叫。「你們可不可以不要再這樣裝神弄鬼了？」

夢娜轉過頭看著塞斯。「從頭說起吧，」她說：「也許這樣他們比較容易懂。」

愛洛伊絲還在她的灰包包裡翻找著，終於拿出一包面紙，把它放在面前的桌子上。

「嗯，好吧，」塞斯同意了：「我從頭說起吧。」

班和我交換了一個眼神，傾著身準備洗耳恭聽了。

「我們五個是鐘谷中學第一個班級的學生，」塞斯開始說了：「這所學校大約在五十年前創立，而……」

「哇！等等！」班跳了起來，「我們兩個又不是笨蛋！」他說：「要是你們五十年前就上學的話，現在不是至少有六十歲了嗎？」

塞斯點點頭，「你數學很不賴嘛，呃？」他在開玩笑，可是聽起來有點像在挖苦。

「我們沒有變老，」瑪麗解釋道，一隻手拉了拉前額上的一綹瀏海，「五十年來，我們一直跟當時的年紀一樣！」

班猛翻白眼。「我想那部電梯一定是把我們載到火星了。」他湊近我的耳邊，

這句英文怎麼說

這完全說不通啊。
None of this makes sense to me.

悄聲說道。

「這些都是眞的，」愛迪說，他換了個站姿調整重心，繼續靠著黑板，「我們被凍結在這兒，被凍結在時間裡。」

「那部電梯一定是在我們的世界和你們的世界之間串連，」夢娜說著，回頭凝望著電梯，「從來沒有人是坐電梯來到這兒來的。我們也不是坐電梯來的。」

「我不懂，」我搞糊塗了，「這完全說不通啊，那部電梯被封死了，被藏起來了，爲什麼它要把我們載到這兒來？」

「它一定是我們的世界對外的唯一連結。」夢娜說了這麼一句令人費解的話。

「這太瘋狂了。我們會錯過舞會的。」班小聲的說。

「讓他把故事說完，」我告訴班：「聽完之後我們就走。」

塞斯站了起來，開始來來回回的踱步。「鐘谷中學的第一個班級是很小的一班，」他說：「只有我們二十五個學生。這是一所全新的學校，我們也都很高興自己能成爲第一個班級的學生。」

愛洛伊絲又打了個噴嚏，夢娜隨即接口：「保重。」

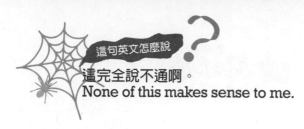

「有一天，校長宣布那一天是班級合照日，」塞斯繼續說道：「一個攝影師會來幫全班同學拍合照。」

「是拍彩色的嗎？」班突然打岔。

他笑了，可是其他人都沒有笑容。

「一九四〇年代的時候，班級合照並沒有彩色的。」瑪麗對班說：「當時的照片是黑白的。」

「我們全部在圖書館集合，準備拍照，」塞斯說道：「全班二十五個同學都到了，攝影師幫我們排位子。」

「我一下子就認出了攝影師，」愛迪也在這時打岔，「他是個很容易發怒的人，很邪惡，很討厭小孩子。」

「我們當時簡直興奮得快發狂了，」夢娜補充道：「我們又笑又鬧、瘋瘋癲癲的，還假裝要摔角。那個攝影師變得越來越兇，因爲我們不肯乖乖的站好。」

「我們都很討厭他，」愛迪附和道，「鎮上的人都知道他脾氣很暴躁，可是他是這附近唯一的攝影師。」

這句英文怎麼說

他是這附近唯一的攝影師。

He was the only photographer around.

「我永遠忘不了他的名字，」愛洛伊絲悲傷的說道：「他叫做克米里昂先生（Mr.Chameleon），也就是變色龍先生，我永遠忘不了，因為……因為變色龍是會變換顏色的……可是我們卻不能。」

「變色龍先生？」班吃吃的竊笑道：「他跟蜥蜴先生（Mr.Lizard）來往過嗎？」

「班，別這樣……」我制止他。

我看得出來，班一點也不相信塞斯說的話。他一直在開玩笑，可是塞斯和其他人卻一臉嚴肅和苦澀。

看著他們身上老式的服裝和髮型、灰撲撲的臉上悲傷的神情，我相信他們說的話。我知道，他們就是那些消失了的小孩，一九四七年消失的班級。

「攝影師幫我們排成三排，」塞斯繼續說道，一邊來回踱步，兩手插在灰色的褲子口袋，「他站在大型的箱型照相機後面，那裡有一塊厚布，他把頭伸進了那塊厚布底下，把閃光燈舉得高高的。」

「他要我們咧開嘴笑一個，然後，隨著很大聲的一聲『喀擦』，閃光燈閃了。」

「可是這次的閃光太不尋常了，」瑪麗插話進來，「太亮了……太亮了……」她的聲音越來越低。

「太亮了，以致我們睜不開眼睛，什麼也看不見，」塞斯搖了搖頭，繼續說道：「我們拍照的那個房間——圖書館，消失在閃光之中了。等到我們再次睜開眼睛，再次看得清周遭的一切……我們已經在這兒了。」

班張開嘴，也許又想再開一個無聊到家的玩笑。可是我猜他隨即改變了主意。他閉上嘴巴不發一語。

「我們到了這兒，」塞斯又說了一次，他的聲音因爲太過激動而顫抖著。他握緊拳頭往桌上一捶，「我們不再是待在圖書館裡了，我們不再是待在眞正的學校裡了，我們到了這裡，我們到了這裡，我們到了一個只有黑色和白色的世界。」

「就像被困在一張黑白照片裡，」夢娜說，「永遠困在一張黑白照片裡面。」

「困在一個灰色世界裡。」愛迪難過的說道，「我們是這樣稱呼這裡的，灰色世界。」

「我們什麼都試過了，」愛洛伊絲接口說道，「我們試過各種辦法，想要回

這句英文怎麼說

他握緊拳頭往桌上一捶。
He slammed the desk with his fist.

到從前，也一直在求救。我們想，也許會有人來……」

「我聽到妳的求救了，」我喃喃的說，「我在教室裡，聽到了妳的呼喊。」

「可是……可是……」班很激動，口沫橫飛的說：「我還是不懂，我們現在到底在哪裡？」

過了很久，沒有人回答。

塞斯走向班，雙手壓在桌面上，低下頭來，臉湊近班的臉，盯著班的眼睛。

「班，」他說：「你曾經看著一面牆想像它的另一邊是什麼嗎？」

班不安的看了我一眼。「嗯，有吧。」

「那我告訴你，我們就在另一邊！」塞斯高聲說道，「我們在你們的世界的另一邊，現在呢，你也是。」

「不久你就會變成跟我們一樣！」愛迪說。

「不……！」班大叫。

他繼續大吼大叫著，但我沒有聽見。

我垂下眼睛看了看自己的雙手——隨即張大了嘴，發出一聲驚懼的尖叫。

17.

「我的……我的手指！」我驚恐的尖聲大叫。

我舉起雙手給他們看，只見指頭已經變成灰色的了，而且正蔓延到手掌。

班抓住我的一隻手，拉到眼前仔細察看著。

「噢，不，」他囁嚅的說：「不……」

「班……你的手也是！」我大叫。

他放下我的手，端詳起自己的手來。他的整隻右手幾乎全部變灰了，左手的指頭都變成灰色的，手掌的顏色也漸漸消褪。

「不……不……」他不敢置信的搖著頭，不斷重複同樣的話。

我抬眼看著那五個灰色小孩。「你們……你們不是在說笑！」我差點說不

這句英文怎麼說

他們面無表情的回瞪著我們。
They stared back at us with blank expressions.

出話來。

他們面無表情的回瞪著我們。

瑪麗盯著我的手，「速度很快的，」她終於說道：「你等著看吧。」

「不！」我大叫著站了起來，「我們該怎麼辦？我們不能變成灰色的！不行！」

「你們沒有選擇的餘地，」愛洛伊絲悲傷的說：「現在你們已經在灰色世界裡了，在這兒，所有的顏色很快就會褪去的。」

「你們現在是我們的一員了，」塞斯說道：「一旦你們整個身體變成灰色，就再也變不回去了。」

「不要！」我和班齊聲尖叫。

「我們要出去！」我大叫著，把剛剛坐著的椅子踢開來，跑回教室門口，使勁的轉動門把，拚命的拉。

班也跑過來一起拉動門把，我們使盡全身的力氣，最後大聲的哀叫，叫到滿臉通紅。

「門從另一頭拴住了，」塞斯高聲喊著：「你們只是在浪費時間罷了。」

「不……」我不肯放手：「我們要出去，現在就要出去！」

我發出一聲絕望的慘叫，掄起雙拳敲打著牆壁，「救救我們！」我尖聲求救：「誰來……救救我們啊！有人聽見嗎？求求你……救命哪！」

我敲得整隻手都發疼了，終於嘆了口氣，放下雙手。

「你難道以爲我們沒試過這個辦法嗎？」瑪麗痛苦的說：「我們一直不停的敲打牆壁，不停的呼救。」

「可是從來沒有人回應過，」愛洛伊絲說：「從來沒有人來解救我們。」

我垂著眼睛看著雙手，現在，到手腕的地方都已經變成灰色了。我拉起袖子，手臂上的顏色也開始褪色了。

「班……！」我嚇壞了，只見他也在看自己身上漸漸變灰的皮膚。

我的腦筋一片混亂，忽然一陣暈眩。

「我們要怎麼逃離這兒？我們要怎麼回到我們的世界？」

「搭電梯？」班提議道。

這句英文怎麼說

一定會有辦法的！
There's got to be a way!

「沒用的。」塞斯警告我們。

可是我們不理他，快步穿過桌子之間的走道，跑到教室後面一個凹進去的地方。電梯就在那個窄窄的凹入處。

「那裡沒有電梯的按鈕，」背後傳來瑪麗的聲音，她高喊著：「你們沒辦法把電梯叫下來的。」

「那座電梯從來沒有開動過，」塞斯接口道：「這五十年來從來沒開動過，今天晚上我們聽見它開動的聲音時，簡直不敢相信自己的耳朵。」

「一定會有辦法的！」我大聲的說。我伸出手摸著電梯旁的牆壁，「這裡面一定有個隱藏的按鈕。」

這面牆壁摸起來的感覺又暖又光滑。我不禁握拳敲打牆壁，打到整隻手都疼了。班的雙手沿著電梯的兩扇門中間的門縫推擠著。他發出一聲呻吟，使勁的想把電梯門扳開。

但不管用。

「用螺絲起子呢？」他回過頭，高聲問道：「有沒有人有螺絲起子？」

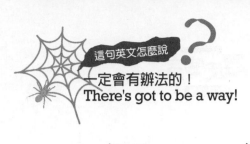

「或是刀子？筷子？或這一類的東西？」我說，「試試看能不能把電梯扳開？」

「我們試過了，」愛洛伊絲的聲音沙啞而哀戚，「你想得到的各種方法，我們都試過了！」

我狠狠的踢了那扇金屬門一腳，心裡又沮喪、又憤怒、又恐懼，所有的情緒全部攪在一起。

我的腳傳來一陣劇痛。我向後跳開來，不停的喘氣。

我的袖子正緩緩的褪色，我拉起一隻袖子一看，只見變灰的部位已經蔓延到手腕以上了。

「跟我們一起坐下來吧，」瑪麗高聲說道，「坐下來等待，情況並沒有真的那麼糟。」

「你們會適應的。」塞斯輕聲的加了一句。

「適應？」我抖著聲叫著，還是覺得喘不過氣來，「適應一個沒有顏色的世界？適應所有東西都變成黑白色調？適應沒辦法回家？適應沒地方可去？」

這句英文怎麼說

你們會適應的。
You get used to it.

瑪麗垂下頭來，其他人則瞪著我和班，他們灰色臉龐上的神情肅穆而哀傷。

「我……我才不要適應這種事！」我結結巴巴的說：「我和班會找到辦法離開這裡的。」

我伸出一隻手揉搓著另一隻手。我想，我這麼做，是想把手上的灰色給搓掉吧。我覺得手上的皮膚暖暖的、軟軟的，跟以前沒什麼不同。

不同的是色彩不見了，而且那灰色正悄悄的、躡手躡腳的往上爬。

「我們要怎麼辦？」班的眼神狂亂，驚恐的尖聲問道。

「窗戶！」我大叫著，指著窗戶。「走，我們從窗戶爬出去！」

「不行！」塞斯厲聲阻止，他快步奔過來擋住我們的去路。「不行……！不行！我警告你們……」

我不懂，爲什麼他們要一直阻撓我們呢？他們根本不想逃！他們想留在這兒！他們想要我們跟他們一樣都變成灰色的！

「走開，塞斯！」我大吼。

班從一邊閃過去，我則從另一邊閃過去。

塞斯伸手要抓我，可是我閃開了。

我們衝到了窗台邊。

我注視著窗外的灰色夜晚，推開了窗戶。

「離那些小孩遠一點！」

「他們瘋了！全都瘋了！」

「他們會把你們推到地獄裡去的！」

他們在我們背後不斷的大叫著、警告著。

可是我們完全不了解，也完全不理會。

我和班攀上了窗台……飛快的爬了出去。

這句英文怎麼說

我們倆頭也不回的跑過黑暗的草地。
We both took off, jogging over the dark grass.

18.

班跳到地面上，發出重重的「碰」一聲。我也緊跟著跳下去，落在柔軟的草地上。眼前是一片無邊無際的夜空，黑漆漆的，沒有星星，也沒有月亮。

塞斯和那幾個小孩出現在窗口。他們叫喊著，揮手要我們回去，可是我們倆頭也不回的跑過黑暗的草地。

我們穿過街道，看見離草坪很遠的地方有幾間黑漆漆的矮房子。窗口沒有燈光，街上沒有車子，也沒有半個行人。

「這裡是鐘谷嗎？」我們穿過另一條街道繼續往前跑時，班問道，「怎麼看起來不像啊？」

「這些好像不是學校對面的房子。」我說。

我心底升起一陣驚懼，停下了腳步。學校外面的街道怎麼可能長得完全不一樣呢？原本住在這兒的人都到哪裡去了？

這是個廢棄的荒鎮嗎？就像電影布景那樣？我的腦子突然閃過這樣的念頭。這裡其實並不是個眞正的社區？

那群小孩的警告聲又在我腦海裡響起。我心想，說不定我和班錯了，說不定我們應該聽他們的話。

我轉過身面對著那所學校，只見一團團霧氣緩緩的從地面上升了起來。學校矗立在瀰漫的灰霧之後，顯得朦朦朧朧的。

我猛然吃了一驚，用力的瞇著眼睛注視著那所學校。

「哇……班！」我倒吸了一口氣，「你看那所學校！」

他也正凝望著遠處。「那不是我們的學校！」他大聲說道。

我們注視著那間有著平坦屋頂的低矮四方形建築物。它只有一層樓高，灰色的燈光從面對街道的唯一一扇窗戶流瀉出來。

燈光照射在靠近街道一根細細的、光禿禿的旗杆上。一小座鞦韆架在微弱的

這句英文怎麼說

團團的霧氣開始聚集了起來。
The clumps of fog began to float together.

燈光下發出銀灰色的光芒。

「我們在一個不同的世界裡，」我說道，聲音因害怕而顫抖著，「我們在一個離我們很近的、不同的世界裡。」

「可是……可是……」班囁嚅說道。

團團的霧氣開始聚集了起來，形成了一道不斷翻滾的牆。霧氣移動的速度很快，馬上就把學校的底部整個遮住了。

「我們還是走吧，」我催促著班：「一定有路可以離開這兒的！」

我們又跑了起來，飛快的跑過了幾間黝暗的房子和空地。我們在樹葉掉光的黑色樹幹下跑著，腳下的鞋子在沒有車輛和行人的街道上「趴答趴答」的響著。

我不停的抬眼望著天空，希望能看見月亮或者一顆閃爍著光芒的星星，可是只看到一片黑漆漆的天空。我們就像影子，我想，影子正在穿越影子。

別這樣，湯米！我罵自己，別淨想一些有的沒的，你應該把心思專注在應該做的事情上。

沒錯，你應該想個辦法逃離這個地方。

我們經過了一個黑色的郵箱，穿過了另一條空蕩蕩的街道。當我們奔跑時，霧就在我們周圍快速移動。

剛開始，霧在比較低的地方漂浮著，緊貼著陰暗的草地，在街道上翻滾。沒有風，一點風都沒有。

可是很快的，那些霧開始往上升，包圍了我們，把那些房子遮住了，把光禿禿的樹木、街道，以及房子前的私人車道都遮住了。所有東西都被一道厚重的、漩渦式的簾幕遮住了。

忽然，班呻吟了一聲，停下了腳步。

我跑向他，「嘿……！」我氣喘吁吁的大叫，「你幹嘛停下來？」

「我什麼也看不見，」他好不容易才說出話來，「這些霧……」他雙手壓著兩個膝蓋，彎著身，大口大口的喘著氣。

「我們會不會出不去……會不會？」我輕聲的問，「我的意思是，也許我們只是一直不停的在兜圈子，可是卻永遠跑不出這個地方？」

「也許我們應該等到天亮再說，」班還是彎著腰，這麼提議，「也許天亮之後霧會散掉，我們就能看清楚方向了。」

「也許。」我懷疑的說。

我打了個冷顫，心想，不知道自己身上變灰的狀況怎麼樣了？是不是還有一絲顏色留下來呢？

我拉起襯衫，想要看個仔細，可是四周實在太暗了，所有東西都灰灰暗暗的，看不清楚。

「你想怎麼做？」我問班，「你想回那間學校去嗎？」

我們的周圍霧氣瀰漫。霧這麼濃，我幾乎看不見他了。

「我……霧這麼大，我們不一定找得到學校。」他吞吞吐吐的說，他的聲音聽起來很害怕。

我轉過身去。

他說的對。我看不見濃霧另一頭的街道和樹木。

「也許我們可以照剛才的路線走回去，」我提議道：「只要照我們剛剛跑過來的那個方向……」我伸手指著。

這句英文怎麼說

班呻吟了一聲，停下了腳步。
With a groan, Ben stopped jogging.

可是在這片不斷翻騰的濃霧裡，我不確定自己指的方向究竟對不對。

「我們太蠢了，」班喃喃說道，「我們應該聽那些小孩的話的，他們想幫助我們，我們卻……」

「現在想這些已經太遲了，」我尖聲說道，「我有個主意，我們想辦法穿過這片濃霧，找一間房子待到明天早上。」

「你是說闖進去嗎？」班大聲問道。

「那些房子看起來都是空的。」我回答。

身邊翻滾的霧越來越濃，把我們緊緊的包圍起來。我拉了拉班的手臂說道：「走吧，我們會找到地方待到天亮的，這樣總比整個晚上站在街頭好吧。」

「好吧……」他同意了。

我們轉身，走上一個微微傾斜的前院。由於眼前伸手不見五指，我們走得很慢、很慢。

大約走了六、七步吧，我猛然放聲尖叫，因爲有人一把把我撞倒在地。

這句英文怎麼說

我顫抖著站了起來。
I pulled myself shakily to my feet.

19.

「噢噢噢……！」我的喉嚨深處湧出一陣驚懼的呻吟。

我在地上翻過身來。

只見一隻黑貓掉到了我旁邊。

一隻貓？

原來剛剛是牠從一根樹枝上跳到了我的肩膀。

那隻貓睜著灰色的眼睛瞪向我，全身的黑毛直豎，尾巴也豎了起來。

然後牠一溜煙的竄走了，消失在濃霧中。

我顫抖著站了起來。

「湯米，怎麼了？」班大聲的問道。

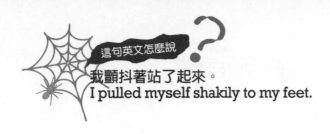

「你看到那隻黑貓了嗎？」我高聲問他，「牠跳到我身上，把我撞倒在地上。我以爲……我以爲……」接下來的話梗在我的喉嚨裡。

「你還好吧？我沒看見牠，」班回答，「這些霧……太濃了，我只聽見你忽然尖叫，把我嚇了個半死！」

我揉了揉後頸，不禁納悶，爲什麼那隻黑貓會那樣跳到我身上呢？

我想，也許牠太寂寞了吧，畢竟這兒沒看到半個人影。

就在我才這麼想的時候，忽然聽到一個女孩的聲音。

「在這兒！」她高聲喊著。

緊接著，不遠處也傳來一個男孩大叫道：「別讓他們跑了！抓住他們！」

這句英文怎麼說

幾個人影出現在翻騰的濃霧之中。
Figures appeared in the swirling fog.

20.

我和班屏氣凝神的注視著濃霧，只聽到一聲聲的尖叫，接著是很多人在草地上奔跑的腳步聲，可是卻沒看到任何人影。

我們就這樣楞在那裡，不知道該往哪個方向逃。

「這邊！在這兒！」那個女孩上氣不接下氣的對著她的同伴喊道。

「攔住他們！」另一個女孩也叫著。

我和班猛然轉過身去，「你們是誰？」我想要大喊，可是只發出微弱而充滿驚懼的聲音。「你們是誰？」

沒一會兒，幾個人影出現在翻騰的濃霧之中。那是一些有如影子般、灰撲撲的人形。他們朝著我們跑過來，很快的，在透過濃霧也能清楚看見我們的地方停

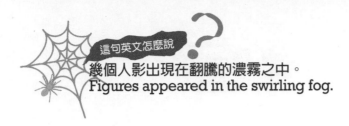

下腳步。

他們吃驚的瞪視著我們。

他們伸出雙臂，身體緊繃，頭髮在不斷盤旋的霧氣中飄動著。

我往後退到班的身邊。這時他們漸漸形成了一個圓圈，緊緊的包圍住我們。

我和班背靠背站著，瞪著他們。

「他們……都是小孩子！」班高聲說道，「又有更多小孩出現了！」

他們是那個消失的班級其餘的小孩嗎？我想。

「嘿……！」我對他們高喊，「你們在這種地方做什麼？」

他們不發一語的瞪視著我們。

濃霧不斷的翻騰著、飄移著。我看見一個短髮的黑髮女生正對一個穿老式黑外套的大個子悄悄耳語著。

不到一會兒，濃霧又遮住了他們，他們彷彿瞬間消失了。

其他的小孩現身、又消失了，他們肯定有二十個人左右吧。

他們彼此小聲的交談著，注視著我們，仍然緊緊的圍成一個圈子。

這句英文怎麼說

他們肯定有二十個人左右吧。
There must have been about twenty of them.

「你們在這種地方做什麼？」我又問了一遍，極力克制著自己的聲音，以免聽起來很害怕。「我和我朋友……迷路了。你們可以幫我們嗎？」

「你們身上還有顏色。」一個女孩喃喃的說道。

「顏色、顏色、顏色。」這群灰色的小孩不斷的複誦著這個詞。

「他們一定就是那個班級的其他人，」班小聲的說：「就是塞斯他們警告我們要小心的那群人。」

塞斯的警告閃過我的腦海：「他們瘋了，全都瘋了。」

「我們迷路了，」我大叫，「你們能幫幫我們嗎？」

他們沒有回答，只是興奮的彼此耳語著。

「變，變！」一個男生忽然高喊。他的聲音好大，我不禁往後一跳。

「你說什麼？」我高聲問道：「你們能幫我們嗎？」

「變，變！」一個女生也說了。

「我們不屬於這裡！」班大叫，「我們想離開這裡，可是我們完全找不到路回去。」

「變，變！」更多的聲音響起。

「求求你們……回答我們啊！」我哀求道：「你們能幫幫我們嗎？」

然而他們卻齊聲唱誦：「變，變！」並且跳起舞來。

他們緊緊的圍成一個圓圈，用很快的節奏以逆時針方向移動著。他們把一隻腿抬得高高的，踏向右方，再把腿放下來，輕輕一踢，接著再抬腿踏向右邊。看起來他們在跳一種很怪異的舞蹈。

「變，變！」他們唱誦著：「變，變！」

「求求你們……停下來！」我和班齊聲跟他們懇求。「爲什麼你們要這樣？你們是想嚇唬我們嗎？」

「變，變！」那些正在起舞的灰暗人影，在翻騰的濃霧中忽隱忽現。

濃霧散去了一會兒，我看見他們緊握著手、跳著舞。他們的手緊緊的扣在一起，使得圍成的圈圈更加嚴密。

他們把我和班團團圍在圈圈裡。

「變，變！」他們唱誦著，抬起腳一踏，再一踢：「變，變！」

這句英文怎麼說

他們的表情嚴酷。
Their expressions were hard.

「他們在做什麼？」班湊近我的耳邊問道，「他們是在玩什麼遊戲嗎？」

我困難的嚥了嚥口水。「我想不是。」我回答。

濃霧又開始飄移，瀰漫在草地上，又翻滾開了。

我注視著那群圍成圓圈不停一邊唱誦、一邊移動的小孩。

他們的表情嚴酷。

他們的眼神冰冷。

那是一張張冷酷、毫不友善的臉孔。

「變，變，變，變！」

「停！」我尖叫，「拜託你們！你們在做什麼？求求你們……誰來跟我們說清楚啊？」

「變，變！」唱誦的聲音持續著，圍成圓圈的小孩不停的以逆時針方向移動。

他們瞪視著我和班，彷彿在挑釁，質疑我們是不是有膽子讓他們停下來。

變，變。

變成灰色的。

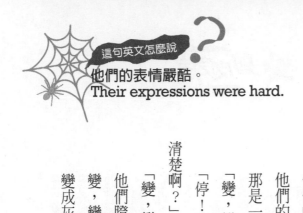

變，變。

變成灰色的。

他們圍著我們不停的繞圈。那群小孩在翻騰不已的濃霧中踩著節奏舞蹈著，那是一種穩定的、令人不寒而慄的節奏。

是如此的冷酷……如此的充滿威脅。

如此的瘋狂！

變，變。

變成灰色的。

變，變。

變成灰色的。

看著他們詭異的舞蹈，聽著他們機械般的唱誦聲，我忽然了解了。

我了解他們在做什麼了，這是一種恐怖的儀式。

他們在觀察著我們，把我們圍困在這兒。

他們用這種方式困住我們，直到我們跟他們一樣變成灰色。

這句英文怎麼說

我數了數，他們有九個女生、十個男生。
I counted nine girls and the boys.

21.

變，變。

變成灰色的。

當那些小孩圍成一個緊密的圈圈，輕聲的唱誦著，我發現他們的表情是如此冷酷、如此漠然。他們這麼做的目的是要我們害怕。

我數了數，他們有九個女生、十個男生，全都穿著老式的服裝、笨重的大鞋子。我的腦海裡忽然閃過一個念頭：但願這一切只是一場老電影，這所有的一切不過是一場電影，不會眞的發生在我和班身上。

變，變。

變成灰色的。

「爲什麼你們要這樣？」班的聲音蓋過了他們令人毛骨悚然的誦念聲。「爲什麼你們都不說話？」

他們繼續詭異的舞蹈，不理會班的吼叫。

我轉過頭去湊近他，好讓他聽得見我的聲音。「我們得快跑才行，」我說，「他們瘋了，他們想把我們圍困在這裡，直到我們跟他們一樣變成灰色的。」

班正色的點點頭，注視著圍成圓圈的那群小孩。

他將雙手圍在嘴邊做成喇叭狀回答我。我一看到他的手時不禁倒吸了一口氣，他的雙手已經完全變成灰色的了。

我也把雙手舉到眼前一看，全灰了，完全變灰了。

這些灰色陰影會竄得多遠呢？

我和班還剩下多少時間？

「我們得快點擺脫他們，」我告訴班，「快，班。我數到三，你跑這邊，我跑那邊。」我示意兩個不同的方向。

「要是我們出其不意的採取行動的話，也許可以突破他們的圈子。」我說。

這句英文怎麼說

他們看穿我們的想法了嗎？
Had they read our mind?

「然後呢？」班回答。

我不想回答這個問題。

我不知道該怎麼回答。

「我們先擺脫他們再說！」我高聲說道，「我再也無法忍受那愚蠢的唱誦聲了！」

班點了點頭，深深的吸了一口氣。

「一……」我數著。

變，變。

變成灰色的。

誦念著的小孩將他們的圈子圍得緊緊的，幾乎手臂貼著手臂。

他們看穿我們的想法了嗎？

「二……」我數著，繃緊了腿上的肌肉，準備開跑了。

濃霧升起了，團團霧氣貼著地面，可是我依稀看得見遠處立在他們圍成的圓圈後面的幾間陰暗的房子。

只要我們能衝破他們扣緊的手臂，也許就能躲進其中一間房子，我想。

「祝你好運。」班喃喃的說道。

「三——！」我大叫。

我們低下頭，開跑。

這句英文怎麼說

他一邊跑一邊發出詭異的哀叫。
He let out a wild scream as he ran.

22.

我才跑了四步，就在溼溼的草地上滑了一大跤。

「噢！」我的右腿傳來一陣劇痛，不禁大叫出聲。

我心想，我該不會拉傷了吧？

誦念聲停了。那群灰色的小孩驚訝得尖聲大叫。

我的腿好痛、好痛。我不得不停下來，彎下腰搓揉著肌肉。

我抬眼一看，只見班對著圓圈衝了過去。「啊啊啊……！」他一邊跑一邊發出詭異的哀叫。

兩個男生抱住他，一個從上面，一個從下面。班倒在草地上，他們正壓在他身上。

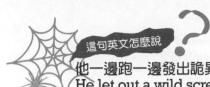

「放開！放開我！」班尖聲狂叫。

此時一個男生和一個女生粗魯的抓住我。他們把我轉過身去，用力把我推向班那裡。

「放開我們！」我大叫，「你們在做什麼？爲什麼要把我們圍在這兒？」

他們把班拉了起來，把我們兩個推在一起。

他們快速的聚攏起來，一副備戰狀態，好像只要我們敢輕舉妄動的話，就會立刻把我們抓起來。

「我們不逃了，」我嘆了口氣，「有誰願意告訴我們，這究竟是怎麼回事？」

「變，變。」一個梳著灰色長辮子的女生發出沙啞的聲音說著。

「這我聽過了！」我怒聲大吼。

「變成灰色的，」那個女孩又說，「我們在等你們變成灰色的。」

「爲什麼？」我高聲問道，「只要告訴我們爲什麼就好了。」

「月光下沒有顏色，」她回答，「星光下沒有顏色。」

「我的夢沒有顏色。」一個男孩悲傷的說道。

這句英文怎麼說

他們全都瘋了！
They're totally messed up!

「求求你們……不要講些不知所云的話好嗎？」班乞求著，「我……我聽不懂！」

我揉了揉痠痛的大腿，不像剛才那般劇痛了，可是肌肉還是很疼。

「請你們幫我們回到那所學校，好不好？」我也乞求著。

「我們離開了那所學校！」一個男孩高聲說道，「學校裡沒有顏色。」

「每個地方都沒有顏色，」一個女孩大叫，「我們永遠不回學校去！」

「不回學校！不回學校！不回學校！」幾個小孩誦念起來。

「可是我們得回到那兒去！」我毫不退讓。

「不回學校！不回學校！不回學校！」他們再次誦念起來。

「沒有用的，」班湊近我的耳邊小聲說著，「他們全都瘋了！完全講不通嘛！」

我打了個冷顫，空氣越來越冷。

我的心底泛起一陣陣的恐懼，但只能極力把那股恐懼壓下去。

那群孩子抓住我和班，粗魯的推著我們走過草地。他們緊緊的架住我們，逼我們向前走。

「你們要把我們帶到哪裡去？」我尖聲問道。

他們沒有回答。

我和班極力想要掙脫，可是他們人數實在太多了，而且力氣也很大。

他們把我們推上一個黑暗的山坡，當我們往上爬的時候，霧氣依然在腳邊盤旋不去。長滿高大雜草的草地又濕又滑。

「我們要去哪裡？」我高聲問道，「告訴我們！你們要帶我們到哪裡去？」

「黑坑！」一個女孩大聲回答。她湊近我的耳朵悄悄的說：「你要自己跳，還是要我們推呢？」

這句英文怎麼說

他們還是緊緊架住我和班不放。
They kept their tight grip on Ben and me.

23.

「坑？哪一種坑？」我尖聲問道。

沒有人回答。

我們在山丘頂停了下來。他們還是緊緊架住我和班不放。越過班的肩膀，我看見四個小孩走向我們。當他們走得稍微近一些，我發現他們提了四個大桶子。

他們把那四個桶子放下來排成一排，再把我和班推向桶子。

桶子裡的深色液體不斷冒著泡沫，並且冒出陣陣蒸汽。一股嗆人的酸味隨著蒸汽竄進我的鼻子。

一個女孩懷裡抱了一大堆金屬杯，她拿了一只給一個男孩。那個男孩將金屬杯放進濃稠的液體中，杯子碰到液體時發出了一陣嘶嘶聲。

「噢噢噢噢！」當那個男孩將那杯冒著蒸汽的杯子湊近嘴邊，仰著頭喝時，只見那噁心的東西沿著他的喉嚨流了下來。我不禁倒吸了一口氣。

「杯子裡的飲料沒有色彩！」一個男孩叫道。

「喝黑色的！」一個女孩高聲說道。

「喝！喝！喝！」那群小孩一起鼓譟著。

他們急急的排成一列，當我和班驚懼不已的瞪視著眼前的情景時，他們已經將一個個杯子伸進黑漆漆、黏答答的汁液中，並且將它們咕嚕咕嚕的喝下了肚。

「飲料裡沒有色彩！杯子裡沒有色彩！」

「喝！喝黑色的！」

我又扭著身體想要掙脫，可是這時候變成有三個男生架住我，我根本動彈不得。

那群人不停的鼓譟著、大笑著。一個男孩把一整杯難聞的黑色液體給喝了下去，然後，對著空中吐了出來。

又一陣哄鬧。

這句英文怎麼說

我們將黑色抹在自己身上！
We cover ourselves in blackness!

一個女孩「嘔」的一聲也吐了出來，把噴灑出來的黑色汁液吐在旁邊另一個女孩臉上。另一個男孩則像噴泉似的，把黑色汁液噴吐出來。

「我們將黑色抹在自己身上！」一個男孩以低沉的聲音大聲說道，「我們把自己抹成黑色，因爲月光下沒有色彩！星光下沒有色彩！世界上的一切都沒有色彩！」

一個女孩將黑色液體吐在一個戴眼鏡的矮個子男生的頭髮上，只見黑色液體慢慢的從那男生的額頭和眼鏡上流了下來。他彎下身將杯子舀滿，喝了一口，再把它們吐在前面一個女生的外套上。

他們大笑著、鼓譟著，高扯著喉嚨嗚嗚大叫，互灑黑色的汁液。他們不停的吐著、噴灑著，直到大家全身濕透，被黑色汁液覆滿。

「杯子裡沒有色彩！飲料裡沒有色彩！」

這時，原本抓住我們的雙手扯得更緊了，把我和班拉到了山頂上。

我注視著另外一側，只見一個陡峭的落差。我往下一看，谷底……

如此黑暗，深不可測。

我什麼也看不見，但聽得見不停冒著泡泡的巨響。濃濃的蒸汽蒸騰著，不斷冒出來。我聞到一股嗆人的、酸酸的強烈惡臭，不禁開始作嘔。

「黑坑！」某個人高喊著，「到黑坑裡去！」

一群人鼓譟起來。

我和班被推到了陡坡邊緣。

「跳！跳！跳！」有幾個孩子開始喃喃誦念起來。

「跳進黑坑裡！」

「可是……為什麼呢？」我尖聲說道，「為什麼要這樣對待我們？」

「把你們全身抹成黑色！」一個女孩高聲喊道，「像我們一樣！」

那群人鬧著、起鬨著。

班轉過頭來看著我，他的臉上一陣驚恐。「下……下面是滾燙的，」他結結巴巴的說道，注視著下面冒著泡泡的黑坑。「而且臭得像動物的死屍味！」

「跳！跳！跳！」一堆人又開始誦念著。

我快速的掃了他們一眼，只見他們笑著、鼓譟著，黑色液體從他們臉上淌了

這句英文怎麼說

臭得像動物的死屍味！

It smells like dead animals!

下來，滴落在他們的衣服上。

那群人不停的前後擺動著頭，對著空中吐出黑色汁液。

「跳！跳！跳！」

突然，笑聲和鼓譟聲嘎然而止。

我聽見一陣尖叫。

強勁的雙手從背後緊箍住我的手腕。

隨即猛力將我一推……推進冒著蒸汽的深坑裡。

24.

不是。

我沒有掉下去。我沒有從陡坡栽下去。

那抓住我的雙手緊緊的箍住我的手腕，把我轉過身來。

我注視著眼前熟悉的臉孔，是塞斯！

「快跑！」他大叫，「我們來救你們了！」

我轉頭一看，只見瑪麗和愛洛伊絲正領著班往山下走。

「我們走吧！」塞斯高喊道。

我們拔腿就跑，可是卻跑不了多遠。

雖然一開始那群小孩嚇住了，可是他們很快就恢復過來，立刻圍成一個圓圈

這句英文怎麼說

我注視著眼前熟悉的臉孔。
I squinted into a familiar face.

將我們圈住。

「我們被困住了！」我大叫，「我們要怎麼樣才能衝出去？」

我們停下腳步，瞪著他們。只見他們靜悄悄的移動著，圍成了一個圓圈，臉上淌著黑色液體，身上的衣服都濕透了、髒兮兮的。

「我想我們可以突破他們的包圍，」塞斯說道，「只是……」

我垂下眼睛注視著地上的一堆枯葉，腦子突然閃過一個主意。

我將手伸進卡其褲的口袋掏了掏。

「大家各就各位。」我警告其他的人。

班轉頭看著我，「各就各位做什麼？」他高聲問道。

「各就各位，」我又說了一次，「好開始行動！」

25.

「好了！」我大叫。

我舉起打火機，點了一次、再一次。

出現了一朵黃色的火燄。

「噢噢噢噢！」一個女孩發出一聲驚呼。

另外幾個人也驚叫起來。有的遮住了眼睛，有些則別過頭去，以免直視著火燄。

「太亮了！」一個女孩叫道。「我的眼睛！我的眼睛好痛！」

「把它搶過來！搶過來！」一個男孩哀聲叫道。

可是我的計畫還沒結束哩。

這句英文怎麼說

我將火焰湊近腳邊的那一堆枯葉。
I lowered the flame to the pile of leaves at my feet.

我將火焰湊近腳邊的那一堆枯葉。瞬間，那堆樹葉「轟」一聲點著了，橘紅色的火燄猛然竄了起來。

「不……！」那群小孩遮住了雙眼，痛苦的號叫著。

「快走！」我對著班和其他人高喊，可是根本不需要我開口，他們已經開始在草地上狂奔起來。我低著頭向前衝，緊跟在他們後面。

背後傳來那群小孩的尖叫聲和吶喊聲。

「我看不見！我看不見了！」

「有誰……想個辦法吧！」

「把火滅掉！」

我往後瞥了一眼，那一堆燃燒的樹葉形成了一堵橘紅色的光牆，在黑色夜空下更顯得亮得嚇人。

那群小孩遮住了雙眼，踉踉蹌蹌的四處奔竄。沒有人追趕我們。

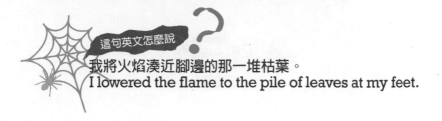

塞斯和那兩個女孩領著我們，在霧氣瀰漫的夜裡快步逃離了那座山丘。

「我們警告過你們那些人的事了，」瑪麗上氣不接下氣的說，「可是你們跑走了，根本不理會我們。」

「他們瘋了，」塞斯悲傷的接口說道，「他們再也無法正常思考了。」

「他們現在就像是某種瘋狂的幫派吧，」愛洛伊絲說道，「擁有自己的法律、自己的古怪傳統、每天晚上都用黑色黏液抹在身上，那……那眞的挺恐怖的。」

「這就是爲什麼我們五個要留在學校裡，」愛洛伊絲解釋道，「我們也很怕他們。」

「他們總是做一些可怕、瘋狂的舉動，」瑪麗說道，「他們放棄了所有希望，所以根本不在乎自己做了些什麼事。」

我不禁打了個冷顫。灰色的月亮再次消失在雲朵後面，空氣越來越冷。他們三個彷彿會隨著月光而越來越淡。

忽然，我聽見幾聲尖叫聲從不遠處傳來，那叫聲充滿著興奮。

「他們追過來了！」我高聲叫道。

「我們得快走！」塞斯說道，「跟著我們！」

他和那兩個女孩轉過身去，跑向街道。我和班跟在後面，一直沿著矗立在每

這句英文怎麼說

回到學校去！
Back to the school!

戶人家庭院外的那一排高大樹籬的陰影往前跑。

我又聽見尖叫聲，聲音就在我們後面不遠的地方。

「你們要帶我們到哪裡去？」班氣喘吁吁的、小聲的問道。

「回到學校去！」塞斯回答。

「你要幫我們離開這個地方？」我高喊，「幫我們回到我們的世界去？」

「不，」塞斯回答，他沒有放慢速度。「我們已經告訴過你們了，湯米，我們沒辦法幫你回去，可是和我們一起待在學校裡會很安全的。」

「安全得多了。」瑪麗補充道。

我和班奔跑著，跟著他們穿過了無數個黑暗的庭院和幾條空蕩蕩的街道。光禿禿的樹枝在我們頭頂上沙沙作響。四下只有我們的鞋子「碰碰碰」踩在地面的聲音。

我沒再聽見那群小孩的聲音，可是我知道他們就在附近，還在搜尋著我們。

當那間學校的小小建築物映入眼簾時，我不禁放鬆的嘆了一口氣。我和班急忙跑進裡面，跟著塞斯和那兩個女孩回到了那間大教室。夢娜和愛迪正在那兒等著我們。

我在一張書桌前的椅子坐了下來，大口大口的喘氣，好平復呼吸。當我抬眼一看，只見那五個小孩正睜大眼睛看著我和班。

「怎麼了？」我問。

有好一陣子他們沒有回答。終於，愛洛伊絲說道：「你們最好去照照鏡子。」她指著靠近電梯凹入處的那面高高的鏡子。

我和班立即起身跑向那面鏡子。

當我站到那面鏡子前面，心臟不禁怦怦直跳。一陣極度的恐懼掠過我的全身。我知道自己將會看到什麼。

可是我祈禱自己是錯的。

我做了個深呼吸，然後……注視著鏡子裡的影像。

這句英文怎麼說？

你們最好去照照鏡子。
You'd better check yourself out in the mirror.

26.

「不……！」班發出了一陣悲慘的低吼。

我們注視著鏡子裡那兩道灰色的人形。

我的卡其褲、上衣，都變成灰色的了。我的頭髮、眼睛以及整個身體也都變成灰色的了。

「我們就要變成他們其中的一員了，」班喃喃說道，又發出了一聲咕噥。「這所學校的代表色是什麼呢？灰上加灰嗎？」他想要笑出聲，可是我看見他全身在顫抖。

「不……等等！」我大叫，「班，你看，我們還有一點時間！」

我指著鏡子。

我的耳朵、嘴唇和下巴變灰了，但我的兩頰還保有原來的顏色，鼻子也還沒變灰。

班的臉和我一樣。「就只剩這樣了，」他嘆了一口氣，「只剩下臉龐前面的部分了。」

「我們很難過，」瑪麗說道，從我們背後走向前來，「我們眞的爲你們感到很難過，再過幾分鐘，你們就會跟我們一樣，全身都變成灰色的了。」

「不……！」我堅持著說，飛快的轉過身，離開了那面鏡子，「一定會有辦法的，你們之間沒有人逃走過嗎？」

塞斯的回答讓我震驚不已。「有，」他輕聲說道，「有一個女孩從灰色世界逃走了，就在幾個星期之前。」

「在經過五十年之後，我們當中有一個人回到了以前的世界。」瑪麗嘆了一口氣。

「她怎麼做到的？」我和班異口同聲的大聲問道。

「她是怎麼做到的？」我問。

這句英文怎麼說

我的兩頰還保有原來的顏色。
My cheeks still held their color.

他們一起搖了搖頭。

「我們不知道，」愛洛伊絲悲傷的回答道，「她就這麼消失了，我們一直在等著她回來。」

「今天晚上電梯門打開的時候，我們以爲是她回來了。」愛迪說，「我們以爲她回來解救我們了。」

葛瑞塔！

她的臉孔閃過我的腦海。

沒錯！葛瑞塔，那個有著灰眼睛、淡金色頭髮、一身黑色打扮的怪女孩。她從灰色世界逃出去了，回到了彩色的世界。難怪她這麼急著要搶賽莉亞鮮豔的唇膏！

葛瑞塔……？

爲什麼她沒有回來解救她的朋友呢？

她是怎麼逃出去的？

我的眼睛望向教室最後面的那座電梯，心裡默默喊道：開門！現在就開門……！求求你，開門！

可是不用說，那道灰色的門依然緊閉著。

我雙手插進卡其褲的口袋，挖空心思的思索著，想要把心裡的恐慌壓制下來，於是抬起腳步走向教室的前面。

班一屁股坐在一張椅子上，難過的搖了搖頭。「不可能有這種事的！」他喃喃的說著，握起拳頭往桌面一捶，「不可能發生這種事的！」

「想一想，湯米，好好想一想，」我大聲的告訴自己，「一定有辦法可以阻止我們繼續變灰，一定有辦法可以讓我們回到彩色的世界，你好好想一想！」

我的腦子快速的轉了起來，可是因為太害怕了，腦袋裡一團混亂。

我身上的每一吋肌肉都緊繃著。

我費勁的思索著，從口袋裡掏出了那個塑膠打火機，緊張的把玩著。我把它拿在手裡轉來轉去，從這一隻手滑進另一隻手裡。

想一想！想一想！

我笨拙的把玩著打火機，結果一不小心把它滑出了手裡，它「吭噹」一聲掉

這句英文怎麼說

我笨拙的把玩著打火機。
I fumbled with the lighter.

到了地上。

我注視著那個打火機，彎下腰來把它撿起來。這個打火機原本是鮮紅色的，可是現在已經褪成灰色的了。

雖然如此，但是它發出的火燄……

突然間，我有了一個主意。

我站起來，轉身看著其他人，手裡舉起那個打火機。

「要是……」我說著，一邊費勁的思索，一邊因爲這一絲希望之光而激動不已。「要是我用從另一個世界帶來的黃色光芒照亮這個房間，你們認爲這個顏色——也就是黃色光芒——會把灰色沖走嗎？」

「你剛剛已經在外面……試過了。」班提醒我。

「可是那是在外面，」我回答，「要是我靠近牆壁點亮它呢？你們覺得灰色會褪掉嗎？這樣我們就能逃到另一邊、另一個彩色的世界了嗎？」

他們也回瞪著我，視線都集中在我手裡的打火機上。

我沒有等他們回答。「我要試試看！」我高聲宣布。

說完後，我把打火機高高舉起來。

他們的視線也隨著打火機往上移。

「祝你好運，」班輕聲說道，「祝我們都好運。」

我按下打火機。

再點一次。

又點一次。

我用力的按著。

可是它完全無法點燃。

27.

這句英文怎麼說

我用力握緊它。
I tightened my grip on it.

我把打火機重重的往桌上一摔。

「它燒光了！」我哀號道，「不能用了，燃油用光了！」

「不……！」班大叫著：「再試一次，湯米，求求你……再試一次。」

我咕噥著撿起了那個打火機，手不停的抖著，喉嚨忽然一陣乾渴。

這似乎是個好主意，只要我能點燃火燄，就可能得救了。

「我要開始了，」我喃喃說道，再次舉起打火機。「現在我要再試一次了。」

我的手心冒汗，打火機變得又濕又滑，差點兒掉下去。於是我用力握緊它，豎起了大拇指。

我點了一次。

再使勁的點了一次。

打火機終於冒出了火燄。

「太好了！」班大叫。

可是他興奮的喊叫很快就停住了。

這一次，打火機點燃的火燄竟然是灰色的。

大家都不禁發出一陣悲鳴。

我瞪著那朵灰色的火燄，只見它在灰色的打火機上跳躍著。而那個打火機正緊握在我灰色的掌心中。

「沒有用的！」我好不容易才說出話來。

我按熄火燄，將打火機塞進褲子口袋裡，轉身看著班。「對不起，」我悶悶不樂的對他說，「我試過了。」

班點點頭，似乎很困難的嚥了嚥口水。

我倒吸了一口氣。「班……你的臉！你的臉頰！」

「變灰了？」他輕聲問道。

這句英文怎麼說

我的視線移向那座電梯。
My eyes wandered to the elevator.

我點點頭，「你只剩下鼻子了，」我說：「你的鼻子是唯一有顏色的地方。」

「你也是！」他對我說。

那五個灰色小孩靜靜的站在教室的另一頭，塞斯悲傷的搖了搖頭。

他們能說些什麼呢？

他們也深受其害啊！

他們住在這樣一個只有黑白色調的世界裡，已經五十年了。

而現在，我和班注定要成爲這冰冷、陰暗的世界的一部分了。

我揉了揉鼻子，不禁懷疑，它還能保有原來的顏色多久呢？

還要多久，我就會變成他們的一員？

我的視線移向那座電梯。要是當時我和班爬樓梯去美術教室就好了，要是……

現在想這些都已經太遲了。

我緊盯著那座電梯的兩扇門。再一次在心裡命令它們打開。

當我聽見一聲巨大的隆隆聲時，不禁驚訝得大叫起來。

大家也都跳了起來，戒備著，傾聽著。

隆隆聲越來越大。

「怎麼回事？」班問道。

「是電梯！」愛洛伊絲倒吸了一口氣，指著電梯。

所有人連忙穿過教室跑了過去。我們就在離電梯幾呎的地方……那兩扇門滑開了。

我們走向前去，看看究竟是誰在裡面。

「葛瑞塔！」我大叫。

這句英文怎麼說

我們走向前去，看看究竟是誰在裡面。
We all stepped up to see who was inside.

28.

不，不是葛瑞塔。

我震驚得說不出話來。站在電梯門口的是賽莉亞。

她緊張的往外窺探，一頭金髮在電梯的燈光照射下發出耀眼的光芒，身上的藍色禮服也閃閃發亮。那些顏色使得我的眼睛發痛。

她擦著紅色口紅的臉上堆滿了笑容。「我找到你們了！我辦到了！」她高興的大叫著。

說著，她從電梯裡跑了出來。隨著一聲喜悅的尖叫，她張開雙臂環抱著瑪麗，給她一個緊緊的擁抱，接著她又擁抱了愛洛伊絲、塞斯、夢娜和愛迪。

他們發出一連串喜悅的歡叫。

「賽莉亞……妳回來了！」

「妳還好嗎？」

「我們一直在等妳！」

「哇……！等一下，那座電梯！」我大叫，「別讓它跑了！」

我慌亂的衝了過去。

可是太遲了。

電梯門就要關起來了。

我擠進兩扇門之間，想把它們扳開來。「不！」我發出一聲驚慌的哀號，「不！那座電梯！那座電梯！」我緊握著雙拳不停的拍打那兩扇門。

我猛的一轉身，面對著賽莉亞。

她倒吸了一口氣，舉起一隻手掩住了嘴。

「噢……！對不起！」她高喊著，藍色眼珠瞪得大大的，「我見到朋友太高興了，所以就忘記了！」

「可是……可是……」我張口結舌。

這句英文怎麼說

我必須隨時在臉上抹那些東西。
I had to keep putting that stuff on all the time.

我全身顫抖，絕望的靠在牆上。我們唯一的機會沒了。太遲了，一切都太遲了……

那五個灰色小孩將賽莉亞圍在中間，擁抱她，嘻笑著，不停的問她問題。

「我們都好想妳！」愛洛伊絲叫道，「我們在等妳回來解救我們。」

「我也很想你們，」賽莉亞說，「我試著要回來，可是找不到方法。一直到今天晚上……我才知道該怎麼回到這兒。」

她轉身面對著我和班。「幾個星期之前，我從這兒逃出去了，」她解釋道：「就在學校開學之前。我去了你們的世界、真實的世界，可是我必須偽裝起來。」

「妳的意思是……」我開口問道。

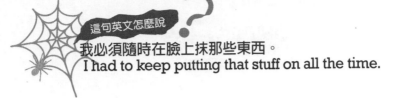

「化妝，」賽莉亞繼續說道：「化妝和塗口紅。我必須隨時在臉上抹那些東西，好遮掩住灰色的皮膚，我……」

「可是妳的眼珠……」我忍不住打岔，「是藍色的。」

「那是隱形眼鏡，」她解釋道，然後長長的嘆了一口氣，「好難啊，得做好多的事啊。我得非常小心才行，所以得不停的補妝、擦口紅。我不能讓任何人發現這件事。」

「學校的同學都嘲笑我，」賽莉亞嘆了口氣，「可是這還不是最悲慘的。我想留在彩色而明亮的世界裡，可是我卻是個假冒品，一個靠著化妝品遮掩的偽裝者。我已經不再屬於那裡了，我屬於這個灰色的世界。」

賽莉亞又嘆了一口氣。「可是我找不到回來的路。直到今晚，你和班一直沒有回到體育館，我四處尋找你們，找到了那個用木板釘死的牆上的破洞，才終於發現了那座電梯。它把我帶回來這兒，帶回來我朋友身邊。」

「歡迎回來。」瑪麗說著，伸出一隻灰色的手臂，環抱著賽莉亞禮服的肩膀。那件禮服上的顏色已經開始褪色了。

「妳是對的，妳屬於這裡。」塞斯說道。

「妳走了之後，我們無時無刻不想著妳，」夢娜接口說道，「我們想著，不知道妳現在在做什麼？也想著不知道妳會不會再回來找我們？」

「你們不會想到那邊去的，」賽莉亞回答，「我再也不想回那裡去了。我們不屬於那兒，不可能長住在那裡。我不想再偽裝了，我想要跟你們在一起，並且

這句英文怎麼說

你不幫我們逃離這裡嗎？
Aren't you going to help us escape from here?

做我自己。」

她從包包裡拿出一盒化妝組和一支唇膏，把他們丟在桌子上。「我不再化妝，不再塗唇膏，不再偽裝了。」

「可是我們怎麼辦？」班大叫，「再過不到兩分鐘或一分鐘，我和湯米就會完全變成灰色的了！」

「妳不幫我們逃離這裡嗎？」我乞求道，「妳不幫我們回去嗎？」

賽莉亞難過的搖了搖頭，「很抱歉，兩位。」

29.

我猛的吞了吞口水，想著我的家人，老爸，新媽媽，還有我的狗兒。

我明白，我再也見不到他們了。

我再也看不到色彩了，再也看不到藍色的海浪、夕陽西沉時的紅色晚霞。

「很抱歉，兩位，」賽莉亞再次說道，「很抱歉我沒有馬上跟你們說明這件事。」

「說明什麼？」我高聲問道。

「我想我可以幫你們回到那邊去。」她說。

她拿起那支唇膏，「幾個星期之前，就是這個東西讓我從這兒逃走的，」她說：「這支唇膏在我包包裡埋藏了五十年，我完全忘了它的存在。」

這句英文怎麼說

我完全忘了它的存在。
I'd forgotten all about it.

她轉開唇膏蓋，將那支鮮紅色的唇膏拿給我們看。

「幾個星期之前，我偶然發現了這支唇膏。我把它打開時，發現它還是鮮紅色的！」賽莉亞說道，「這算是一種奇蹟吧。也許是因爲這段時間它都一直緊緊的蓋著，所以還保有原來的顏色。」

賽莉亞走到牆邊，「過了五十年還能夠看到鮮紅色，我好興奮啊，」她解釋道，「我開始用這支唇膏在牆壁上畫了起來。令我驚訝的是，我畫到哪裡，牆上就裂開一個洞來。」

「這太神奇了！」愛迪讚嘆道。

其他人也激動的猛點頭。

「唇膏直接將牆壁腐蝕開來，」賽莉亞繼續說道，「我……我好驚訝，不知道該怎麼辦才好，於是便在牆上畫了一扇窗戶，然後爬了出去，逃走了。這就是我逃出去的經過。」

她拿起那支唇膏靠近灰色的牆壁。「我曾試過要回來叫你們，」她對她的那群朋友說道，「可是我一爬出去，那個洞就合上了。」

她緊蹙著眉頭。「我用唇膏在牆的另一頭畫了一扇窗戶，可是在眞實的世界裡，唇膏就只是唇膏而已，沒有作用。我沒辦法回來接你們，也沒辦法找到你們，更不知道該怎麼回來這兒。」

我向後瞥了班一眼，心裡驚懼萬分，只見他已經完全變成灰色了，除了……除了鼻尖之外。

「賽莉亞，快點！」我乞求道，「幫我和班畫一扇窗戶！求求妳！我們沒有時間了！」

她不發一語，轉身面向牆壁，一隻手飛快的動著，畫了一扇紅色的窗戶輪廓，再著上紅色。

「快！求求妳！快！」我乞求著，目不轉睛的注視著賽莉亞慌亂的將紅色唇膏塗在牆壁上。

這麼做會成功嗎？

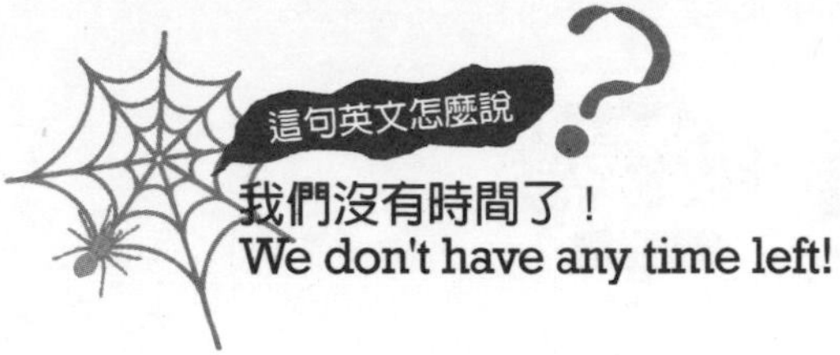
這句英文怎麼說
我們沒有時間了！
We don't have any time left!

30.

她一畫好窗戶，我立即抓住班，把他推進那個洞裡。

「快來！」我大叫著，「我們一定會成功的！」

「班，再見，湯米，再見。」那群小孩高喊著。

我爬到一半，回過頭來，「跟我們一起走！」我大叫，「快！你們可以跟我們一起走啊！」

「不，我們不能。」塞斯悲傷的說道。

「賽莉亞是對的。我們會討厭那邊的，我們屬於這兒。」瑪麗說道。

「別忘了我！」賽莉亞高聲喊著，她的聲音流露出無盡的哀傷，把頭轉了過去。

而我也轉過頭去，轉到了另一個世界，我們的世界。我和班踏出那道牆，發現我們回到了學校。

我聽見大廳裡傳來音樂的轟鳴聲。

同學們正大叫、大笑著。

是舞會！

我們回到舞會了。

我發出一聲興高采烈的大叫，推開了男廁的門。

我和班衝進裡面，衝到了鏡子前。

我們張口結舌的看著自己，看著身上五顏六色的自己。

有紅的、藍的、粉紅的、黃的。

全部是彩色的！五彩繽紛！

我們互相擊了個掌，仰著頭，發出歡欣鼓舞的尖叫。我們不停的尖叫又尖叫著。我們回來了，回復正常了，回到這個世界上了。

回到舞會上了。

這句英文怎麼說

我們互相擊了個掌。
We slapped each other high fives.

我們撞開男廁的門，衝進大廳。

不料竟然撞上了柏登太太。

「原來你們在這兒！」她大叫：「我一直到處在找你們兩個！」

她兩手分別抓住我們兩個，開始把我們往大廳裡推。

「柏登太太……我們得跟妳說……」我開口想要說話。

「晚一點再說，」她打斷我，把我們推進體育館裡。「所有人都在等你們，你們可是害得大家一直在等著。」

「可是……妳不了解！」我激動得語無倫次。

「你們想跟大家拍照，不是嗎？」柏登太太高聲問道。

只見所有同學都已經在觀眾席的座位前排好了隊伍。

她把我和班推到最前面一排。

「我們想為舞會的所有工作人員拍一張合照。」柏登太太宣布。

她轉身對著藏在照相機後面的攝影師。「好了，克米里昂先生，」她高喊著：「你現在可以拍了！」

「什麼先生？」我大叫：「不！等等！等等啊！」

喀擦！

閃光燈閃了！

它才不像你的頭那麼硬咧！
It isn't as hard as your head!

第一個禮拜那幾天，我真的很孤單。
I was pretty lonely the first week or so.

他們很刻薄的批評她。
They were pretty mean to her.

她站了起來，斜眼瞪著班。
She climbed to her feet and stared down at Ben.

我大概是想讓賽莉亞刮目相看吧。
I guess I was trying to impress Thalia.

我的聲音在無人的走廊上顯得空洞。
My voice sounded hollow in the empty hall.

是不是賽莉亞和班在跟我開玩笑？
Are Thalia and Ben playing a little joke on me?

聽起來好像是在求救。
It sounded as if they were calling for help.

這座樓梯只通到二樓。
The stairs ended at the second floor.

賽莉亞和班現在大概已經不耐煩了吧。
Thalia and Ben are probably fed up by now.

那些雕像看起來就像真人一樣栩栩如生。
The statues were so real looking, so lifelike.

為什麼這些雕像的臉上完全沒有笑容呢？
Why weren't any of these statues smiling?

我走錯樓梯了。
I took the wrong stairs.

這是一場恐怖的悲劇。
It was a terrible tragedy.

我得小跑步才跟得上她。
I have to jog to catch up to her.

班伸出手跟賽莉亞擊掌。
Ben shot Thalia a high five.

你在樓上看到了一些詭異的事？
You saw something weird upstairs?

它幾乎演變成暴力事件。
It almost turned violent.

我向她揮手，想引起她的注意。
I waved and tried to get her attention.

我看她真的快發狂了。
I saw that she was totally losing it.

為什麼你要離開座位？
Why did you leave your seat?

過了一會兒，教室裡漸漸安靜下來。
A few seconds later, the room fell silent.

你應該還沒老到會幻聽才對。
You're too young to start hearing voices.

他們應該會提早來做準備的。
They were supposed to get here early to set up.

你好像有點壓力喔！
You're a little stressed!

我才沒生氣咧！
I didn't go nuts!

也許我們可以想辦法把它黏好。
Maybe we can tape it back together.

提醒我把這一段寫在日記上！
Remind me to write that in my diary!

我就說我知道怎麼走嘛。
I told you I knew how to get there.

賽莉亞現在大概已經要發火了吧。
Thalia is probably a little steamed by now.

為什麼我不該慌？
Why shouldn't I panic?

班終於打破沈默。
Ben finally broke the silence.

你可不可以不要再說那句話了！
Would you please stop saying that!

你緊跟著我。
Stick close behind me.

當燈亮的時候，我們倆都倒吸了一口氣。
We both gasped as the lights came on.

班和我交換了困惑的眼神。
Ben and I exchange confused glances.

他們往後退了好幾步。
They took several steps back.

他的灰眼珠緊緊盯著我的眼睛。
His gray eyes locked on mine.

那個叫做瑪麗的女孩咬著下唇。
The girl named Mary bit her bottom lip.

我們會沿著走道走，直到通到新大樓。
We'll follow the hall till it leads to the new building.

我和班的想法一致。
Ben and I both had the same idea in our heads.

我看得出來班已經到了忍耐的極限了。
I could see that Ben was about to lose it.

- 這完全說不通啊。
None of this makes sense to me.
- 他是這附近唯一的攝影師。
He was the only photographer around.
- 他握緊拳頭往桌上一捶。
He slammed the desk with his fist.
- 他們面無表情的回瞪著我們。
They stared back at us with blank expressions.
- 一定會有辦法的！
There's got to be a way!
- 你們會適應的。
You get used to it.
- 我們倆頭也不回的跑過黑暗的草地。
We both took off, jogging over the dark grass.
- 團團的霧氣開始聚集了起來。
The clumps of fog began to float together.
- 班呻吟了一聲，停下了腳步。
With a groan, Ben stopped jogging.
- 我顫抖著站了起來。
I pulled myself shakily to my feet.
- 幾個人影出現在翻騰的濃霧之中。
Figures appeared in the swirling fog.
- 他們肯定有二十個人左右吧。
There must have been about twenty of them.
- 他們的表情嚴酷。
Their expressions were hard.
- 我數了數，他們有九個女生、十個男生。
I counted nine girls and the boys.

- 他們看穿我們的想法了嗎？
  Had they read our mind?
- 他一邊跑一邊發出詭異的哀叫。
  He let out a wild scream as he ran.
- 他們全都瘋了！
  They're totally messed up!
- 他們還是緊緊架住我和班不放。
  They kept their tight grip on Ben and me.
- 我們將黑色抹在自己身上！
  We cover ourselves in blackness!
- 臭得像動物的死屍味！
  It smells like dead animals!
- 我注視著眼前熟悉的臉孔。
  I squinted into a familiar face.
- 我將火焰湊近腳邊的那一堆枯葉。
  I lowered the flame to the pile of leaves at my feet.
- 回到學校去！　。
  Back to the school!
- 你們最好去照照鏡子。
  You'd better check yourself out in the mirror.
- 我的兩頰還保有原來的顏色。
  My cheeks still held their color.
- 我笨拙的把玩著打火機。
  I fumbled with the lighter.
- 我用力握緊它。
  I tightened my grip on it.
- 我的視線移向那座電梯。
  My eyes wandered to the elevator.

- 我們走向前去，看看究竟是誰在裡面。
  We all stepped up to see who was inside.
- 我必須隨時在臉上抹那些東西。
  I had to keep putting that stuff on all the time.
- 你不幫我們逃離這裡嗎？
  Aren't you going to help us escape from here?
- 我完全忘了它的存在。
  I'd forgotten all about it.
- 我們沒有時間了！
  We don't have any time left!
- 我們互相擊了個掌。
  We slapped each other high fives.

雞皮疙瘩系列 27

校園幽魂

原著書名── The Haunted School
原出版社── Scholastic Inc.
作　　者── R.L. 史坦恩（R.L.STINE）
譯　　者── 陳言襄
責任編輯── 劉枚瑛、何若文
文字編輯── 林慧雯

國家圖書館出版品預行編目（CIP）資料

校園幽魂 / R. L. 史坦恩 (R. L. Stine) 著；陳言襄 譯.
-- 2 版. -- 臺北市：商周出版：家庭傳媒城邦分公司發行，
民 105.05 176 面；14.8 x 21 公分. --（雞皮疙瘩系列 ;27）
譯自：The Haunted School
ISBN 978-986-93021-5-9（平裝）
874.59　　105005265

版　　權── 翁靜如、吳亭儀
行銷業務── 林彥伶、石一志
總 編 輯── 何宜珍
總 經 理── 彭之琬
發 行 人── 何飛鵬
法律顧問── 台英國際商務法律事務所 羅明通律師
出　　版── 商周出版
臺北市中山區民生東路二段 141 號 9 樓
電話：(02) 2500-7008 傳真：(02) 2500-7759
E-mail：bwp.service @ cite.com.tw
發　　行── 英屬蓋曼群島商家庭傳媒股份有限公司城邦分公司
臺北市中山區民生東路二段 141 號 2 樓
讀者服務專線：0800-020-299 24 小時傳真服務：(02)2517-0999
讀者服務信箱 E-mail：cs @ cite.com.tw
劃撥帳號── 19833503 戶名：英屬蓋曼群島商家庭傳媒股份有限公司城邦分公司
訂購服務── 書虫股份有限公司客服專線：(02)2500-7718；2500-7719
服務時間：週一至週五上午 09:30-12:00；下午 13:30-17:00
24 小時傳真專線：(02)2500-1990；2500-1991
劃撥帳號：19863813 戶名：書虫股份有限公司
E-mail：service@readingclub.com.tw
香港發行所── 城邦（香港）出版集團有限公司
香港 灣仔 駱克道 193 號東超商業中心 1 樓
電話：(852) 2508-6231 傳真：(852) 2578-9337
馬新發行所── 城邦（馬新）出版集團
Cité(M) Sdn. Bhd. 41, Jalan Radin Anum,
Bandar Baru Sri Petaling, 57000 Kuala Lumpur, Malaysia.
電話：(603)9057-8822 傳真：(603)9057-6622
商周出版部落格── http://bwp25007008.pixnet.net/blog
行政院新聞局北市業字第 913 號

美術設計── 王秀惠
印　　刷── 卡樂彩色製版有限公司
經 銷 商── 聯合發行股份有限公司 新北市 231 新店區寶橋路 235 巷 6 弄 6 號 2 樓
電話：(02)2917-8022 傳真：(02)2911-0053

■ 2005 年（民 94）06 月初版
■ 2020 年（民 109）05 月 12 日 2 版 2 刷
■ 定價 / 199 元

ISBN 978-986-93021-5-9

Printed in Taiwan
城邦讀書花園
www.cite.com.tw

Goosebumps®

Goosebumps®